谨以此集，献给

“我爱过的人/我的妻子/我正在爱的人”

方程式

罗巴诗选集

罗巴 著

长江出版传媒 | 长江文艺出版社

罗　巴

原名陈寿星，安徽怀宁人。1986 年毕业于安徽师范大学，先后从事教育、媒体、广告等工作。1983 年开始诗歌创作，1984 年开始在《诗刊》《中国作家》《星星》《诗歌报》《绿风》《飞天》《诗人》《诗林》《滇池》《广西文学》等文学报刊发表诗作。1990 年前，获国内多项诗歌奖，包括台湾第 12 届“时报文学奖”新诗首奖，曾获邀赴台访问讲学。诗作入选多种诗歌选集，著有诗集《物质的深度》（安徽教育出版社 2023 年）。

罗巴自画像

诗人归来

王民德

1992 年，28 岁的罗巴在《中国作家》发表一组诗之后，隐士一样从诗坛消失。后来一位朋友割爱，送我一本装订成册的罗巴手稿，收录了他未曾发表的新作，包括《候鸟群》《从天下落下几片羽毛》等近三十首诗。很长一段时间，这部手稿摆在我书案醒目的位置，每一次翻看，都被罗巴的诗歌折服，并为他叹息，猜想他离开诗歌的原因。后来，这样的猜想超越我们之间的私谊，转变为对当代诗歌现象的思考。我们知道，进入 1990 年代，不仅是罗巴，很多名噪一时的前卫诗人都离开了诗歌。

是什么原因让一个优秀诗人离开？当然可以从历史的视角给出多种解答，但这不是我所关心的。我真正关心的是，一个好的诗人何时归来。在我看来，那些尚未回归的诗人，无论他最初的离开多么悲壮，都只能活在过去的光芒中。只有重新回到诗歌，一个诗人的离开才能被重新看见，像路标，指向那个渐行渐远的时代。就像现在，罗巴在离开诗歌 30 年后回归诗歌，带着他的新作《方程式》。我把《方程式》和他三十年前写的《物质的深度》放在一起阅读时，深觉其诗作依旧耀眼，诗中展现的风骨依旧令人动容。我们有理由相信，罗巴当初选择远离诗歌，不仅是时代划在诗人骨头上的一道伤痕，也是他对诗歌理想的另一种坚守。

我与罗巴相识于 1990 年。此前一年，他以组诗《物质的深度》赢得第十二届“时报文学奖”新诗首奖。当时“时报文学奖”虽蜚声海外，但大陆诗坛却知之者极少。这年 8 月，我到合肥拜访罗巴，那时他还在安徽省艺校教书，住在校园的平房里。他习惯在带孔的电脑打印纸上写作，将刚写就的手稿钉在墙上，字迹潇洒，形式整洁，像精心制作的视觉艺术品。罗巴写诗产量较高，一有诗思袭来，动辄数十行，且极少修改。他在语言上的敏锐，对形式结构的匠心，对日常所见事物的诗性化运思，无不闪耀着天才的光芒——这是我对罗巴的最初印象。

和才华同样让我感到惊奇的，是罗巴的诗歌态度。他是一个充满激情的诗人，却很少谈对诗歌的看法，对诗坛流行的观念似乎也缺少热情。谈到诗歌，罗巴最常说的一句话是“诗人通过诗说话”。朋友们在一起聊他的诗，罗巴听得很认真，听到赞美之词，他总是谦逊地说“过奖，过奖”，见不到得意之色，倒有几分不自在。真正让罗巴自在的方式是朗诵。当我们的谈话陷入一个艰涩的诗歌话题，他会冷不丁提高嗓门说：“听听我这首诗!”然后开始朗诵。最初只是被他富有感染力的朗诵牵引，但我很快发现，随着他的朗诵，那些围绕诗歌形式的晦暗不明的问题也随之清澈起来。这让我相信，罗巴对朗诵的迷恋，并非心血来潮，而是来自对形式语言的洞见。

在罗巴的诗中，朗诵已经成为一种结构，成为与语言共生的形式创造，成为一种风格标记。无论处理什么题材，是公众话题还是私人低语，读罗巴的诗——只要读上几行，就会被明快而极富张力的节奏吸引。罗巴具有将日常话语快速带入非常语境的能力，他善于从一个封闭的论断式句子开头，通过语言自身的节奏和强劲的想象，将藏在语言背后的事实和韵律层层展开，推进，婉转低回，最后抵达一首诗的结尾。所以在罗巴的诗中，主题的显现和韵律建构是同时进行的，这让每一首诗都有一种陌生感，都带给我们惊喜。

朗诵也是罗巴致敬那些伟大诗人的方式。那时的罗巴醉心惠特曼、聂鲁达。我在合肥住的三天里，每天晚上，和罗巴等三五好友在他居住的平房前喝酒谈天。8 月的校园像安静的湖泊。在清凉的月光下，我们边饮酒，边听罗巴朗诵惠特曼的《啊，船长，我的船长》、聂鲁达的《最后的玫瑰》。现在想起来，月光下诵读惠特曼的罗巴，就像一个生活在英雄时代的行吟诗人。

之所以在这里花费笔墨介绍罗巴的诗歌态度，是因为在1980年代那样一个诗歌艺术的“宣言时代”，像罗巴这样的独行侠，不可避免地游走在主流的诗歌叙事之外，这也是罗巴没有获得足够声誉的原因。

这里的“宣言时代”，借鉴的是艺术史学者对西方现代艺术运动的定义。19世纪末，后印象派彻底动摇了古典艺术的神圣地位，艺术家不得不面对“什么是艺术”的问题。进入20世纪，随着塞尚的理论和实践成为权威，前卫艺术家纷纷站出来发表宣言，立体主义、结构主义、达达主义、未来主义、超现实主义等就是在这样的背景下产生的。“宣言的时代”不仅颠覆了艺术传统，也深刻影响了西方艺术史的叙事和批评风气。当谈论现代艺术运动中那些伟大的名字时，人们首先想到的不是他们的作品，而是他们的艺术宣言和自我定位：毕加索是立体主义的，康定斯基是抽象主义的，艾吕雅首先是一个超现实主义者、一个达达派，然后才是《公共的玫瑰》的作者。很显然，这种标签化叙事带来的最大问题，是让读者失去了驻足观看艺术的耐心，也让艺术批评更多地转向观念，转向艺术中的哲学。正如美国艺术史学者丹托所说：“宣言的时代的关键是，把它认为属于哲学的东西带到了艺术生产的核心。接受一种艺术是艺术，就意味着接受了赋予这种艺术以权力的哲学。”①

有足够多的理由把1980年代的中国诗歌定义为“宣言时代”的诗歌。其中的标志性事件，是1986年《诗歌报》和《深圳青年报》联合举办的“现代诗群大展”。这次大展推出了60多个现代诗歌群体。与诗歌群体同时走到前台的，除了不修边幅的前卫诗人，还有他们雄心勃勃的宣言。这次大展几乎涵盖了后来被称为“新生代”的所有代表性诗人。但我们很快看到，这场宣言式的

---

①《艺术的终结之后》，[美]阿瑟·G.丹托著，王春辰译，凤凰出版集团江苏人民出版社，2007年4月出版。

诗歌运动只持续了几年，除了少数优秀者，大多数仓促上阵的新生代诗人，既没有写出什么像样的作品，也缺少追随者，只留下了一份虚张声势的“宣言”。尤其是1990年代以后，很多前卫诗人离开了诗歌，这也成为中国现代诗歌运动中值得研究的现象。

1980年代的罗巴已经写出足够多的优秀作品。2023年12月出版的《物质的深度》，主要收录了他20世纪八九十年代的作品，厚厚一大卷，虽然数量并不能说明一个诗人达到的高度，但足以看出诗人的才华和生命状态。当这场宣言式的艺术思潮到来时，身处现代诗歌运动的重镇合肥，罗巴却像一个低调的旁观者，打量着身边风起云涌的“宣言时代”。他在《鸟王》一诗中写道：

我是一只鸟
我不过是一只鸟
像别的鸟一样会飞
我出现在山谷上空
并没有任何意图
只是同别的鸟一样
出门散散步

这首诗写于1987年，显然受到新生代诗人带来的某种影响。但仅仅一年后，罗巴便写出了《物质的深度》，这组诗可以看作是罗巴个人化写作的宣言，诗中表现出的个人英雄主义气息，今天读来依旧直击人心。

记得我们第一次见面，就谈到为宣言写作还是为内心写作，罗巴的态度很坚决，他认为写作只能是个人化的，他从来不信任群体性的“宣言”，就像他拒绝接受艺术中“哲学的东西”。当时的我们都没有看清，在一个崇尚“宣言”的时代，当一个诗人只为内心写作，必然会碰到媚俗主义者的围堵。因为个人化写作的真正敌人，从来不是陈腐的传统，不是难以逾越的大师，甚至不是权力的哲学，而是无处不在的“媚俗”。罗巴收录在第一部诗集《物质的深度》中的诗作，尤其是1987—1992年的作品，反对媚俗是其最重要的倾向。而在诗歌形式上，我们几乎看不到精心修饰的成分，看不到流行的口语化的反讽，看不到隐晦的象征，一切用词都是确定性的、冷硬的，处处透露出一种独来独往的决绝。尤其在《骨头》一诗中，罗巴几乎是以喊叫的方式，表达了对媚俗的抗争：

骨头站起来支撑住我

在我的性格中
骨头总让路过的人碰见
它的边缘部分
早已十分锋利

冬天的夜晚
我站在灯火丛中
审视自己骨头的告诫
那些前来寻找我的人
将同我的骨头接触　对话　建立友情
……
骨头的故事
只能在野史中流传
在我的骨头面前
你的骨头会撞得稀烂

正是这首《骨头》，连同《漆》《瓷》，以组诗《物质的深度》为题，获得了“时报文学奖”。评委商禽称赞罗巴的诗有一种令人惊悸的美感，读来“如冷水浇背，陡然一惊”。作为台湾超现实主义的“点火人”，商禽在罗巴的诗里看到了什么？是惊艳的形式美学，还是坚硬的诗歌骨头？我们不得而知，但商禽的评语，至少让我们相信，这位1950年代台湾现代派诗歌运动的主将，一定从罗巴的诗里看到了台湾现代派极力倡导的“现代诗信条”：“诗的新大陆之探险，诗的处女地之开拓。新的内容之表现、新的形式之创造、新的工具之发见，新的手法之发明都要得以实践。”

从《骨头》开始，短短两年内，罗巴以《物质的深度》为题发表了数十首力作，这些作品不仅为他赢得“时报文学奖”，也获得了其他一些诗歌奖项。然后就是，正在创作暴发期的罗巴悄然隐退了。

在诗集《物质的深度》自序中，罗巴以温柔的笔调谈到了他的离开：“1992年，不是因为我对诗歌的热爱降温了，而是因为我对诗歌的敬畏更加强烈，在再也找不到更好的诗歌写作角度和方式、做不到再次突破自己的情形下，我不想勉为其难地坚持，我决定放下诗歌，不声不响从诗界消失。”我毫不怀疑罗巴的真诚，但我也相信，这不是他放弃诗歌的全部事实。我看到的事实是，当群体性的宣言写作成为时代主流，一个只为内心写作的人，要么孤独地坚守，要么拂衣而去，所以，罗巴在1992年写的《候鸟群》，更像是离开诗歌的告白：

一双灿烂的眼睛　在最黑的时候
最光明的眼睛　那是王　飞在最前沿的王
不在任何候鸟之上　他飞得最低
他因此　承受最大的重量　他因此受伤
……
战争中的野兽　在天空行走　受伤的英雄
飞行中流血的符号　一些种子　一些火星
一些呻吟

都发生在天上　天上的事件很少
任地上的事物聆听　任地上的事物目睹
天上的事件　永远只在天上运行

“贫困的时代里诗人何为?”这是荷尔德林在《面包和葡萄酒》一诗中的著名追问，1946 年，在一篇纪念里尔克去世 20 周年的演讲中，海德格尔对这一追问做出了阐释：“对时代的贫困首先发出诗意追问，乃是诗人之天职。”① 在我看来，这一阐释并不是艰深的哲学，而是事实。回首 20 世纪最后 30 年，我们会发现，正是通过北岛、舒婷、海子、韩东、于坚等人发出的诗意追问，那个时代的“贫困”成为思想解放的动力。而在这个优秀诗人的名单中，无疑应该加入罗巴的名字。因为在罗巴写出《物质的深度》之前，没有一个诗人对“媚俗”这一隐藏在时代背后的“贫困”，以“骨头”“岩石”“利斧”“铅”“漆”“我们手上的泥”等系列物质，发起痛彻心扉的“诗意追问”。

2021 年，罗巴重新开始写作。时过境迁，艺术的敌人看上去不再是媚俗，因为世俗的敌人——神圣的理想和艺术、诗歌的高贵和优雅，似乎已经在俗世生活中彻底沦陷了。正像我们看到的那样，近 20 年来，网络上每一次有关诗歌的讨论，对某些诗人的讨伐，从来不是针对诗歌的“媚俗”，真正的焦点是，不知从何时起，越来越多的诗人开始视低俗为“先锋”，他们前赴后继，以诗的名义，争相宣告一个低俗化的诗歌时代的到来。

在这样的时代里回归，罗巴会带给我们什么样的惊喜呢?临近 2021 年底，罗巴在微信上发给我 50 余首新作，包括《劳动的高度》组诗中的大部分作品。他在信中表达了结集出版的打算，

① 《林中路》，［德］海德格尔著，孙周兴译，商务印书馆，2018 年 12 月出版。

希望听到我对这些诗歌的看法。认真阅读这批新作后，我惊讶地发现，从《物质的深度》到《劳动的高度》，罗巴虽然藏起了锋利的骨头，却以一种温和的方式，对这个时代的贫困做出了更具诗意性的回应。几天后我在给罗巴的信中写道：

罗巴兄：

虽然你久不写诗，但一落笔，语言的光芒依然令人惊悸。比之20年前的诗，近作中的节奏转换更加自如、开放、平稳，语言色彩更加温和，也更具有质感。读你的新作，就像在读莫奈、马蒂斯的画，语言的色彩盖过了诗背后的苍凉和沉郁，我不得不停下来，读第二遍、第三遍。而每一次重新阅读，都像是踏上林中另一条小径，带给我久违的陌生化的审美体验。只有好的艺术才能把陈旧的经验带走，经由缪斯指引，一脚踏进生命的另一重境界。

在我看来，这些诗如果结集出版，将会是一部写给诗人看的诗歌集，意义重大。在白话文成为书写语言之后，古典汉语的意象之美、节奏之美、音韵之美，被日常闲语和颂歌式话语遮盖了，璀璨的汉语失去了光芒。尤其进入网络时代之后，诗歌更是沦为低俗的闲语，这是灾难性的艺术危机，并且还在继续。罗巴兄的诗，让我看到了现代诗应有的优雅传统，我认为理应放到重构现代诗歌形式审美的层面，放到诗意化语言美学的层面，更应该放在如何践行诗人天职的层面，来认识这种写作的意义。

诗和艺术，本来就是上帝赐给俗世的礼物，但上帝却和人类开了个玩笑，让这些美妙的礼物藏在琐碎的闲语中，藏在平淡的日常生活的背后，只有少数的天才才能发现。从这样一种意义上说，诗人、艺术家，本事就是身负天职的人，怎么能够浪费天赋的才华，长久地远离诗和艺术呢？看到罗巴兄重新拿起诗笔，真是太好了。

罗巴几乎是以个人私语的方式重新开始了写作。他不再像30年前那样，依赖强劲的想象抵达物质的深度，也无须通过燃烧生命创造诗中的现实。罗巴找到了通往诗歌的新方式，那就是他在乡村的幽居生活和古代田园诗的诗意精神。16年前，罗巴就回到他的怀宁老家何墩村，建造了一栋徽派样式的房子，他的大部分时间在乡村度过。除了打理院中的花草，和串门的邻居喝茶谈天，他迷恋上学习油画，常在田园写生。等到他回到诗歌，田园生活变成了诗中的现实。他把采椒、伐木、捕鱼、打铁、耕作变成优雅的诗，他与白鹭对饮，在诗中和春雨闲谈，用诗歌的方式记录稻草人制作提要。乡村的各种元素，建造与播种、粮食和蔬菜、祈雨与送葬，都成了罗巴笔下的诗。

在语言方式上，罗巴最明显的变化是大量采用传统诗歌的起兴方式。我们看到，回到何墩村的罗巴从不借助高亢的句式开头，引领节奏，他或从劳动的细节开始写起，比如《捕鱼》："仔细盘算纲与目　大与小/令下床的女人织网　搓绳/编结　折叠或者收拢/急着起跑的船　已在水面静候多时/陈旧的码头　站着风雨和锚"；或从眼见的事物起首："后来我凝视松软的菜地/在缓缓转暖的阳光下/将大脑中的各种蔬菜移植到地面/雨水　阳光　风和后来的雪/陆续倾泻到它们怀里"（《何墩村：整理菜地的两个幸福白天》）；"也许它可以是一个人的名字/秋天的　带着成熟的香味/红色　直至是金色的/有着难以抵挡的　成色和重量"（《秋叶》）。这种起兴方式的转变，让罗巴找到了与田园生活一样从容优雅的语言节奏，更令人惊喜的是，沿着这种起兴方式，我们可以轻松进入古典的田园诗传统，看到陶渊明、王维、李白、杜甫诗中的风景和中国古老的诗意精神。

这就是3年前我从罗巴新作中看到的。当初我并没有看到，这样的写作会通向哪里。当我认真读完《方程式》的全部作品，开始着手这篇序文的写作，罗巴的回归和这批新作的意义才逐步呈现。正像以上谈到的，无论从题材、诗意还是诗歌的语言方式，罗巴写出了真正具有中国传统精神的现代田园诗，这种对传统的回归，不是通过观念和宣言，而是通过日常的幽居生活进入的。如果这样说还不能说明罗巴新作带来的启示意义，我们不妨停下来，看看一位美国诗人对中国古典诗歌的看法。20 世纪 50 年代，以罗伯特·勃莱、詹姆斯·莱特为代表的一代美国诗人，决心摆脱英美学院派诗歌的影响，但他们“无法找到与美国乡间有关的那种简洁的诗”，后来他们从陶渊明、王维、李白、杜甫的诗中发现了令人激动的诗歌方式。罗伯特·勃莱在《致中国读者的两封信》中写道：“我从中国古诗中汲取的特性之一，即是优美和幽居、隐秘和‘独处的时间’的力量。我仍然发现幽居是一种莫大的赐福，我每个月都更喜欢尝试在城市之外的某个地方独处一周。我们更深的需求，因为我们灵魂的缘故，更复杂和更产业化的生活就成了幽居之山和隐秘之水。”① 罗伯特·勃莱一生长期居住在明尼苏达乡村，醉心幽居的生活，正是这种经历，让他在中国古典诗歌中找到了处理明尼苏达西部风景的诗歌方式。

我们知道，从白话诗以来的现代诗歌运动，最后都不得不面临本土化问题，且无一例外倒在古典传统的大门之外。正因为如此，中国现代主义诗歌运动，几乎都是从观念开始，最后止于观念。虽然出现了一些经典作品，但并不足以支持形成现代主义的诗歌美学传统，因为没有打开与古典传统的交通。巧合的是，罗巴以十几年的幽居生活，找到了进入中国古典传统的道路，写成了这部具有现代主义诗歌美学特征的田园诗集——《方程式》。而在美国诗人罗伯特·勃莱那里，正是借助中国古诗中汲取的幽居、隐秘和“独处的时间”的力量，打开了明尼苏达西部风景的窗口，成就了“深度意象”的创作道路和方式。

---

① 《勃莱诗选》，[美] 罗伯特·勃莱著，董继平编译，黄河出版传媒集团宁夏人民出版社，2012 年 3 月出版。

除了《方程式》揭示的通往古典传统的诗歌道路，罗巴这部新作带来的另一个重要启示，是诗歌的事实。这是一个沉重的话题。当我们把白话文运动以来的现代诗放在一起研读，就会发现，只有极少数人的诗中能看见“事实”。我们的新诗充斥着太多的泛化抒情、颂歌、反讽、宣言以及生活哲理，但“事实”总是显得支离破碎。我们无法通过一个现代诗人的诗去认识作者的真实生活和生命状态，无法像读陶渊明、李白、杜甫，甚至像读更古老的《诗经》那样，看见“事实”从诗中向我们迎面走来。罗巴的这部新作让我看到了诗歌的事实。他用从容的笔调赞美劳动，以白描的手法写下何墩村生长出来的诗和歌，他依然拒绝媚俗，但不再是一个倔强的孤勇者，而是大地上诗意的安居者。《方程式》中的罗巴，让我想到罗伯特·弗罗斯特，准确地说，在我有限的阅读经验中，如此接近罗伯特·弗罗斯特的中国诗人并不多。

最后我要说的是，在读到《方程式》之前，另一个让我看到“诗歌事实”的当代诗人，是罗巴非常推崇的怀宁同乡海子。在海子那里，诗歌中的事实在远方，是远方的远，是神话里的现实。而在罗巴这里，诗歌的事实是身边的日常生活。当“诗和远方”成为这个时代的精神追求，罗巴拒绝沦落，努力将自己活成诗和远方，他用一种传统诗人的生活方式，进行着对世俗化诗歌时代的诗意追问。

（王民德，别署音之，诗人，书法家，艺术学博士。现为青岛黄海学院设计与美术学院教授。）

目 录

第一辑　方程式

天鹅落脚之地方程式 / 003
芦苇一直空着方程式 / 005
大暑日到来的大雨方程式 / 006
夏蝉方程式 / 007
乡间的宁静是一种光明方程式 / 008
中午观察白云方程式 / 009
醉蝶，一个词开花方程式 / 010
香椿做成了酱方程式 / 011
泥蒿不说话方程式 / 012
一部分溪流方程式 / 013
夏天公开自己的本意方程式 / 015
喊一条河流的名字方程式 / 016
花生整天吵着出门方程式 / 018
水鸟等鱼方程式 / 019
三粒绿豆无法圆满方程式 / 020
一条船正要划过秋天方程式 / 022
忽然搜索到其他及秋天的乌柏树方程式 / 024
时间吃鱼方程式 / 026
一棵树是又不是全部的树方程式 / 027
一路播种过去方程式 / 028
探望一群不说话的白菜方程式 / 029

谁都该有一座花园方程式 / 031
平淡的荠菜方程式 / 032
乡下最早的沉睡方程式 / 033
乡下的鸟儿都有一顶礼帽方程式 / 034
其实“我不需要”方程式 / 035
辣椒果然中计方程式 / 037
修整屋子方程式 / 038
如果在院子里读书方程式 / 039
经过大海而不去看它方程式 / 041
匆匆登上黄鹤楼方程式 / 044
顽石方程式 / 045
一只大雁在我身体里鸣叫方程式（一） / 046
一只大雁在我身体里鸣叫方程式（二） / 047
金斗湖秋日观鸟方程式 / 048
春天的现场方程式 / 049
在牛的对面弹琴方程式 / 050

第二辑　诗出何墩村

何墩村：月光 / 053
何墩村：双季节的皖河 / 055
何墩村：归乡十七拍 / 057
何墩村：与白鹭对饮二十四拍 / 060
何墩村：腊月二十四接祖宗回家 / 062
何墩村：不去打扰湖滩上的天鹅 / 064
何墩村：死亡最容易在此时发生 / 066
何墩村：野花演义 / 068
何墩村：河畔，初春 / 070
何墩村：2022 年 3 月，与春雨闲谈 / 072
何墩村：稻草人制作提要 / 074

何墩村：春夜 / 077
何墩村：星期六之花 / 079
何墩村：五月，人来人往 / 081
何墩村：南风正起 / 082
何墩村：端午与玉米为邻 / 084
何墩村：为何永远，怀有葱的羞愧 / 086
何墩村：黄豆的今年与往年大不相同 / 088
何墩村：我可以，十月底种菜 / 089
何墩村：为菠菜说 / 091
何墩村：遇见几节藕和一群人 / 093
何墩村：整理菜地的两个幸福白天 / 094
何墩村：我愿意学一粒菜种落在乡下 / 095
何墩村：一只桃子带给世界的 / 096
何墩村：有人经过说菜种得很好 / 097
何墩村：黄瓜志 / 098
何墩村：今天不拔草 / 099
何墩村：它的雨声 / 100
何墩村：想念菜园 / 101
何墩村：乡间之晨 / 102
何墩村：什么都没有发生 / 104
何墩村：再一次 / 105
何墩村：就这样让星星看着 / 106
何墩村：十二月一日日记 / 107
何墩村：大海昨晚来过我的村庄 / 109
何墩村：此刻 / 111
何墩村：白菜这个不会变暗的名字 / 112
何墩村：我与我的村庄 / 113

第三辑　相反的煤

相反的煤 / 117
昨夜之月 / 118
我与早晨的喜鹊 / 120
秋草 / 122
不在雨中的美人蕉 / 124
在有秋雨的街头 / 126
立冬 / 128
去天外写生 / 132
数学老师在小店请客 / 134
人的八桩事 / 136
雁有着五个冷角度 / 144
致没有到来的雪 / 152
柴堆 / 154
第三个秋天 / 155
荷花志 / 157
一只鸟不合时宜 / 159
抓破生死 / 160
我不断修改自己 / 162
我的伙伴是你也是浓黑的子时 / 164
行走。不，不行走 / 166
深水与热火 / 167
爱大海和它的风 / 168
六月 / 169
简史 / 170
七月志 / 171
一个孩子在办公室大叫 / 172
太平湖之夜 / 173

秋天梦见钓鱼 / 175
零下五摄氏度至零下七摄氏度的冬夜 / 176
前世 / 177
村里的送灵队伍 / 178
住院十二天 / 180
隐于野 / 181
我，只能被画画 / 183
纸做的世界 / 184
在父亲灵位前陪父亲抽一支香烟 / 190

第四辑　你蓝或者紫

致青岛 / 195
似乎死去的 / 198
比玉石更加清澈的早晨 / 199
灰色，总是灰色的 / 200
往事：炖板栗 / 202
秋叶 / 204
霜降 / 206
阴影之下 / 208
请置我于 / 209
梅花灭 / 210
乡村之夜 / 212
我的花朵死于立夏 / 214
你蓝或者紫 / 216
卧室深处 / 218
两种 / 220
明年的雨同样没有硬度 / 221
不存在的你 / 222
遥远的现在 / 223

从一粒沙和一滴雨中找出某某 / 224
事情有着另外一副面孔 / 225
再次去往一个地点 / 226
秋天的宴席 / 227
一缕炊烟看上去很像一条泪痕 / 228
我们不做别的 / 229
去年和前年的此日 / 231
立夏辞 / 232
果实 / 233
到重庆坐在一棵大树下 / 235
听见汽车接近的声音 / 236
2023 年 10 月 19 日下午想起三件事 / 237
我们数星星有着与人不同的因果 / 240
脱轨 / 242
雪花昨天夜里停在半空 / 244
拜访小村 / 245
接待 / 246
在黄墩妹妹家门前谈天 / 247

第五辑　“劳动的高度”

采椒 / 251
打铁 / 252
捕鱼 / 254
伐木 / 256
绣花 / 258
栽树 / 261
缝衣 / 263
浣纱 / 266
取火 / 268

磨刀 / 271
牧羊：另一种活法 / 273
劈柴 / 275
开渠 / 277
移山：灰喜鹊的大日子 / 279
筑路 / 282
哺乳：汪画家的主题油画 / 286
写经：一匹马与四个人的五重奏 / 289
种麦 / 292
盖房 / 294
抓药 / 297
刻舟 / 299
推演：造纸 / 301

第一辑

方程式

天鹅落脚之地方程式

天鹅落脚之地　远离所有指尖和舌尖
被青草忽略的寸土之上　天鹅用全部体重
摁下印章　这时的双翅已形同虚设
谁去扇动上空的火苗？
我面对清水被泥土围困　滩涂斜铺
一如掀开的被服　从一重又一重波浪上
天鹅　找到甜蜜的自己和对方

一群心　唯有抢在风雪之前　才能降落于
我安全的眼睛　在稀有的风景深处
它是一只只　不想行动的白　弓
被卸下弓弦　成为天鹅的脖颈
凭这撤去血箭的弓
彼此交谈和亲近　断交和离别
我看见黑色天鹅　不是天鹅
又等于天鹅　正如水波不同于水
河滩是河流终生的牢狱　更是天鹅
交颈而卧的花园

空怀高飞的壮志　我远望天鹅
命风吹拂　命冬日照亮　记起圣人
犹在人间　于深山关门　打坐　无言
偶尔　圣人由脚尖指路　去溪畔取水煮茶
目睹时间被三根荆棘戳穿　由水流
分层腐蚀　一片羽毛沾染投降之色

克服漩涡却跌下悬崖　他想起
俘获和丢失　以及所有
胆敢背着他快步消失的事物

它们之间　早已建成
必死的关联　我要趁活着的时候
拼死离开河滩　抽身进村
点你人间有形的灯　关我世上无形的门
用天鹅暗中相赠的魂魄
刷白墙面和长叹　我操弄
可能存在于可能之中的机关
置身风雪之外　我将眼珠
泡进零度之下的泪水　非如此不能保鲜

2022 年 1 月

芦苇一直空着方程式

自从来到水边　就摆脱不开风不断打听波浪强弱
我的身体一直为谁空着　里面只留有细若游丝的空气
被困之际我向内部呼吸　以此削成哨音的温情
埋进自己心灵深处　有一段绿
接着就变成了黄　又进化成白　在村庄外部摇动悲怆

谁能画我　不用笔　决定用泪　此处足以
载入某人和另一人的史册　因为始终向未知招手
我引发两双手的分离　和一桩胜过死亡的死亡
穷追猛打　一直公开发生在青天白日之下
即使是停顿之后　水面也因接收眼泪的热度而降低

过去作为柴火　以火舌舐往隔着铁锅的云朵
如今都成过往　年届花甲　我慢慢歪斜了躯体
它坚定地想要回到未来　今朝天热
只是与人世离别的第一段落　空虚从未像明天
那样漫无边际

2022 年 7 月

大暑日到来的大雨方程式

仰望水的村庄被呛出喷嚏　咳着　我俩
就坐在回廊之下　如拳头划过庭院的风之右侧
雨帘厚实　将我们挡在世事之外
上述内容

由于雨的到来而放大　早餐后
日常生活　碰上雨的到来而缩小　而不值一提
数个朝代之前　曾经也有雨　雨珠坚硬
落得比当代更加沉重　让心怀真情的人想起
自己落到浓烈的爱情之内　愿为爱情倒灌至灭亡

至形销骨立　依然
沉浸于季节性的伤害不能自拔　不想自拔　不屑自拔
就这样沉沦和下坠　直抵岁月底层才触及真谛
房屋在风雨中

从来是淡定的　尽管它
没有做好十足的准备应付秋天时散架　但因为总有人
在回廊下坐出极度平静　它不再惧怕大暑之日
大雨灌输的倾诉一次次越过边界

2022 年 7 月

夏蝉方程式

我其实不是歌唱，而是诵读
自然的线装书和七月的诗三百
褪下黄金封面　我是深色素漫上天空　站位高于人间
我是飞的朋友　歌唱的颗粒
我用声音舞蹈　击剑　爱恨　我

要么在高处无畏倾诉　要么在地下抢先牺牲
上升抑或跌落　钟点给所有生命整理了图谱
夏阳热烈　芭蕉铺张　暴风雨紧跟闪电
唯有大地不动　我与它
已由一棵树站出来加以分隔
如竖排的冥河　波涛僵硬　来世坎坷可见

三年　五年　十七年　身体布满土地的底气
到达高处　在枝丫间我与秋千相等　对于你
我是白日梦里的哨子　吹响自由的辞赋
我们辩论　争吵　针锋相对　语言的热度此起彼伏
至少在声音中　门派之间决不相让　竞赛
炎热异常　横穿每个夏日　删除星辉　摒弃子夜
那仍然陷入黑暗的地块　我们腾出来留给蛙鸣

2022 年 7 月

乡间的宁静是一种光明方程式

某个夏天我在平原深处　身体里藏着的雪
雪白　某个夜晚　我在平凡中收割相思
相互想　相互遗忘　星光从清醒转回迷惑
彼此寻找：你的重　你的形状
你温度里的身体

喧闹已在子时消解　无人知晓明天山川
是否还坚持在各自的位置　无人知晓今夏
会不会冰冻三尺　今冬是否响彻霹雳
宁静从此变得可怕　尽管它是
光明的一段支流

正是宁静埋葬着我　我的夏季
与你的七月不会相同　我与我藏着的我
相互矛盾　相互对立　没有任何毒计　足以
战胜对方压在深处的严寒

乡间的宁静是一种光明　你内在的宇宙外在的细节
被解析得过于清楚　当我闭口不言　我
就被光明收进瓶子　成为奴隶　我要找到的是
生命急需的几斤黑暗　与锥心的宁静一直相反

2022 年 8 月

中午观察白云方程式

能看出一团白云正在工作　从每个局部
都能看见一张上班的脸孔　由别的云团簇拥
灰色的反衬银色　通过它向你强调
阳光已经在天堂布置出全部光明

向下压　往左边扩张　朝右边移动
一切都和楼下的事物相似　向上隆起　将声响
排除在听觉之外　这种工作方式　让坐在
十五楼的我手足无措

打卡　上楼　发呆　看过铁塔、吊车、模仿牢笼的升降机
再通过窗户观看　在书上留下投影的　被拦在玻璃外面的
云　从来没有像今天中午　这般贴近　仿佛云中有人
即将向我伸出双手

而我　天天想着云的深处
是不是提拔了一位真实的神仙　他会不会
在天黑前再次转回这个位置　张开朝向晚霞的嘴巴
传给我一条拯救来世的十字真言

2022 年 8 月

醉蝶，一个词开花方程式

四海升平之夜　我还是旅人
走失在群星的迷雾
某个名词　由露珠含在口中
它的熹微让黑暗重现

无人念起春天的名号
除了你
在七月内心挤破牢笼
一个名词
从俗世破茧而出
只带上呼吸和水
隐居在对立的花瓣之间

有一百种红　前来遮挡
洁白自古只剩一种　今朝
你是制定标准的势力
脆　单薄　轻如鸿毛
下一小节　你移步台前
鞠躬谢幕　顺手将沉沦的我
挥霍成往后再现的青烟

2022 年 8 月

香椿做成了酱方程式

这本是供应给味觉的　其他元素已经走开
风光里的舒城　始终处于古代和现代之间　还有我
一个朋友　曾在此出生　在此回家　在此偶尔喝酒

闲愁是自己招惹的　某个黄昏　朋友砌着房子　看着嫩芽
与夕阳连成一线　万事刚好具备　手起　叶落　酱成
啊？香味原来可以来自千里之外　很好
朋友　那一刻我只愿与香椿　能穿上同一张树皮

2022 年 8 月

泥蒿不说话方程式

身子可以如此青葱　思想鲜嫩
找出比身高更为漫长的春日　你只想闭眼
梦　像是流水　不断流走却又流淌不尽

哦　让我的一生在这里点出一个顿号　坐下来
洗净双手　脚就这么光着　陷在黑泥里
风吹过　意境没有任何特别　今天与往昔没有
一点不同　也没有一点相似

活在一种无言里　当雨飘　当风息　当云
粘在草地上空　我灵魂中的凤凰就背弃了窠巢
一团小树枝和细草　参照别的事物纠缠彼此
哦　在泥蒿钻研的浓密香味中
浮起许多干枯的哭泣和燃烧

2022 年 8 月

一部分溪流方程式

一本书页码不足　在鸟的翅膀上打开
一些影子难以为继　拖着脚印进出　我
是来看你的　于夏天　于溪流再次出生之日
温度高于热度　恐惧被唤出深山　猿猴
和它身后的虚无　与我在树荫的淡墨中相遇
它们生有眼神和牙　犀利　无解　仅仅超过烈火的低吼

一些水奔走　不必一定扛着使命　另一些水停留
抵制时间前来管束　在溪流之中　必须
有石头被再三抛弃　哪怕移动分毫　也要用去千秋
大海？在溪流午夜的梦中
只是路过的驿站　在那里　与其他溪流集会和咏叹

一些水与她分开　与你相合　你和她
和他　和它　都想逃脱落入凡间的命数
一些水舞蹈　用去了又来的气力　一些水冻结
将愿望禁锢于薄冰之下　在观察者眼底
只有三种自由活到当下：无心的白云　有心灵的鸟
山谷中不停消失的密语

我是来送你的　现在正被你围困和打击　没人能够
抓牢你转动的身子　一些水将身体蜷缩成泪滴
从草尖脸上滴落　一些水由月色覆盖
升到枫树顶端　要让风将自己带离干燥的人世　一些水
在双手的紧握里破碎　前去经受巨石重压　一些水剩下

让鱼的眼睛从反光中瞥见晚霞

这一回　刀锋终于切断了水　也斩除了你我之间
不堪一击的联系　如同生命抵达尽头　这一回
一杯酒真由溪流酿成　饮下　便消灭了忧愁　这一回
我在所有缝隙外与你切断关联　因为只有你
才是地上自由的诗章　是所有生灵内部
三分幸福、七分茫然、十分痛苦的渴

2022 年 8 月

夏天公开自己的本意方程式

忍受的时长总是超过实际的时长
又一次　我用肉身的盾保护自己
空气里都是矛　另有十七般兵器
在虚空里排开　撩拨
有限的勇士　蝉鸣之下
世界空洞得可怖

夏天的本质如此赤裸　它向所有人敞开
在经历寒冰之后　我来到　来烹饪你
将天地之间　变为无缝的囚笼
从各个角度发难　围攻　消磨你的意志
在短暂的一生中
我要用整整一个季节论证　是否一切
连深冬也会在高温中变质

2022 年 8 月

喊一条河流的名字方程式

水决不放弃自己的磁性　这磁性将它们集中
某一类力量推动河流
一如推动带有横截面的思想
在流动的逻辑里向前　水有自己的策略
战胜河道之后　立即败于天空和断水的刀锋
水有自己的不忍　洗净他人伤口
怀抱本人的疤痕　将深灰的影子从大地上挪开

河床任云朵盖着　等待水的身体　水的低语
拥抱水　我喊着河流的姓名　但听不到这姓名
在大海尽头发出回声　一根见过河流的草
说我是她的结果　但她已经与人世分开
一条河流培养的鱼　说她是我的一切　她
将我带走又将我送还　我说　河流
也许能够再经历一轮死灭和新生
沿途动植物的四肢　都有河流的关节响动
她的名字总是被咀嚼　被吞咽
酷似母亲手里救命的单方　总是在黑夜
由她的儿子喊出声来

喊一条河流的名字　当水被更强的磁极掳走
她的三魂七魄　莫非依然嵌在泥里　波浪失去形体
莫非仍然在名字后方立正　喊
一条河流的名字　当万物茎叶失重　当山巅之檀
倒于河流之侧　当筏建成　帆迎风扯起

当桥梁跨越青春和暮年　要将河流从盛名之下唤醒
当呼唤中血丝飞舞　剑影相杂
河水里一直存在的缰绳　已经
追上紧密的鼓点　勒住年代的脖颈

2022 年 8 月

花生整天吵着出门方程式

花生与它的壳之间让出一层空空的悲伤
换上大红绸缎　花生整天吵着出门
可能为了更接近泥土　可能为着追逐到泥土以外
某种想法一直让它的心反复膨胀　不远处有水和空气
青蛙在跳动　唱歌和静思
壳来了　龟类的壳　蚧类的壳
石头的壳里埋着本来能够鲜活的雕塑　和
为它们而僵硬的艺术家　花生一直处在沙土下方
一些新发明的硬质胶囊说：花生又脆又香
必须有一层对绸缎和绸缎后面如玉肌肤的完美保护
它早已暗中标好了价格
再叠加一层
表面上是谦让实际是强加的悲伤

2022 年 9 月

水鸟等鱼方程式

这人就这么站着　如同沉思
如同一根鸟一样的木桩　在不远处
我的心在双眼前方绷紧　以为是
为了水里的鱼或虾、蝌蚪
其实　一生之后我会知道　我没为任何事情
将河边的心弦拨动　天空在傍晚时分
与黎明时分几无差别　露水即将变回无情
这人
还这么慢慢地弯着脖子　急促地
弯着腿
时代正值黄昏　大气之中
弥漫着会让少数人痛哭的氛围
青山将鸟巢缝在树梢　头顶白雪
在远方过早地合上眼皮
这人依然
这么待着　醉在一种难以把握的时机里
这鸟形的人
无名　无姓　只有地址写在浅水之上
却被重重细小的水波　刀片一样削下
这人作为水鸟
被父亲般遥远的过去
点焊在流失殆尽的今天

2022 年 10 月

三粒绿豆无法圆满方程式

这一粒
是今天出现的火种
此刻它代表每一种豆子
包含自己和他人的浆汁
与它不同的是
我并非从土地中提取的物质
我只会回归土地　而且未曾
给任何事物带去养分　我是消耗者
是破坏者和无用之用者
那一粒
是明天唤醒的风暴
它是被抢夺的目标　是不圆满的乡村
和等待炸裂的都市
同时还是稀有的心灵才能读懂的
比喻
第三粒绿豆
深陷在豆泥里　甘于自己
埋没自己　非得找准一个节日
才去往布满牙齿的人世
与它相同的是
我围困着我　我
沉睡于自己的身体中央
纵有两位兄妹千呼万唤
也无法进化成豆秆上的成果
去悬挂在巨大空间中

沉落在墙壁的黑暗里

2022 年 10 月

一条船正要划过秋天方程式

静候合适的乘者　难道要花费半生时间
等待主人　最终要亮出六腑五脏
船的七窍通常不被人看见
它是从山腰滚向人间的工具
贴着水面飞行的马
草原上转瞬即逝的狼
与一条船的影子　是令人心悸的相似形

我相信
如今你已经成熟　膨胀的身体
正要倒向金色黄昏
群山　渐渐步行到水的唇边
我相信
你是清醒的　你是糊涂的
你又新鲜又腐朽　又迅疾又迟钝

作为船　要么安葬于大海
要么在大海远方悔恨
在石台县　在大龙湾水库
李白前后五次走到秋浦河
天啊　我们要找出那条
自以为能划回天宝年间的木船
将它干燥的身躯拖回水里
拜托水
摇醒、放大、包围、啃食、消化它

在这轮高尚的风景中　让它
先重生　后睁眼
与秋天的四肢和五官
在东北风中纵情相认

波浪和石头之间　鱼知道
它是稳定的云朵
已经将水与天空分开
已经将帝王和百姓分割
我被水托举和倾覆的唯一知音
船　此刻正在浪尖上伸着懒腰
我相信
明天清晨
每只燕子都会背来一把剪子
秋浦河道　将在秋色中被剪成两条
一条放在暖阳之下慢晒
另一条
通往泥泞翻涌的唐朝

2022 年 10 月

忽然搜索到其他及秋天的乌桕树方程式

秋天披着寒冷和温暖两重外衣
果实和它的甜以及涩　被借用为秋天的表象
曾经盛大的夏时风景　精致到雪子的冬季
仍然徘徊于肉体之外　天色总算回到
准确的灰度以内　宝座上莲花依旧
多尊雕像模仿人心深处的佛　菩萨和金刚罗汉
供果从枝头下到凡间　檀香从烟尘步向天国
古刹的钟鸣
在子夜的寺墙上翻着跟头　船舱载满泪水
从一阵叹息摇向下一阵叹息

都在秋天发生和发展　所有故事不指向你
你只在第五个季节出现　只在第六个维度隐身
永远有事物无法从失落中重拾　总有死亡
紧抓着真实的快乐　昨天
幸福短文空洞无物
可以钻过一只骆驼和以血为汗的马匹
太阳今天是沉默的　前天也同样没有声息
说他伟大　是由于我们从针眼里看着世界

真正的秋季有一丝书卷气　沉沦气
有一股无法书写的邪气和正气
天与地之间　秋季无处不在又难以捕获
各地都留有它的一部分　乌桕
面北而立　不问寒暑

在目前的眼前　红得前所未见
它正用上半身的血迹　思考进退
而我们集合
在乌桕树下　同时被编进
一部揭穿秋天的经卷

2022 年 10 月

时间吃鱼方程式

时间何等像我！胡须渐白　慢条斯理　饮茶　吃点心
眼前　一条鱼只剩下
“鱼”字般简陋的骨架
时间　是在日落时分吃鱼的　一条花鲢
它的眼窝后来填着沙粒　自从
看见时间无所不在的影子
它的眼珠就被摘下　然后滚向下一个世界
它的嗅觉　听觉　和早已破碎的鳞片
先后落入时间缓缓卷出的漩涡

最终　放弃挣扎被证明是英明的
落到与这个世界对应的时空
也许鱼会游上舞台　吞食时间
分针　秒针　钟声　沙漏　无法逃脱的光明
只要是用来描述时间的
凡是曾经被时间收买的　都会
成为花鲢的美味　如果
那里突然也有了河流　时间就
会被波涛推向积雪的河岸　它贪婪的骨架
正任凭从这里吹出的风
在骨缝里向左　向右　一次次穿过

2022 年 10 月

一棵树是又不是全部的树方程式

有些物象只暴露出一半　或者一小半　一丁点
从微米到纳米　到一米不到
树正如此　我们看不到整个的她　呈现在地面上的
与草无异　与在路边露脸的巨石无异

不翻动她脚下的泥土和沙粒　她就不会哭出声来
不会流出血　不粉身碎骨　车裂之刑本来
只会发生在远古　凌迟　我在书里一再看见那些动作
一个完整的人慢慢只剩下一半　血肉
正如溪水慢慢消失

一个徒弟被访客追问　在大树下面　其实昨夜
松针就已指明师傅的去向　两只黄鹂歌喉婉转如初
被柳树的一半扰到心烦　庄子闭目而坐　手抚无用之木
盘算如何才能活得长久　躲过刀斧的关照
新月初升　众木陷入安静　因为
一位诗人已误入森林
迷途之下　将道路反复推　反复敲

时光不是总能够唤醒伐木者　让他们了解此处的树
不是树的全部　是何等困难　虽然树被做成了书
但树不只是书　书只是　树付给这个世界的零头
更多内容　在地表以下　以与现实平行的方式
支撑着与现实的对立

2022 年 11 月

一路播种过去方程式

如今黑夜已临　再播种一次星星　向云
播种月光　向月光播种蛙鸣　时序苍白　破败
徘徊于倒退边缘　为给播种腾出机遇
世界　已蓄意荒芜多时

向人造的贫穷播种金币　向先天的冷酷播种慈悲
海洋不能没有边线　为它播种限度　屋后的山峦
每天企图刺穿青天　尽快给罪恶种出一副镣铐
系住它逼近沸点的嘶吼

为熊猫播种竹子　为河海播种鱼群
为你播种他　庸常的姓名　譬如将与权贵无关的我
播种给凌乱的晨昏　作为基本的人
让我们进化出勇于播种的手

风从不收藏任何种子　因此无法播种全部种子
将火星种到波浪之谷　将自由种进囚笼的铁栅
将骨头种进跪倒的人体　将爱、戒律、尊严这三粒种子
托付给时间中伸出的手掌
种到等待它们的地方

2022 年 11 月

探望一群不说话的白菜方程式

1

种下白菜同时种下对后天的许诺　路程不算什么
没想到的是　目的地果然还是最初起跑的地方

那天我紧拥植物的蛊惑　想到绿色会染遍篱笆
伫留在妻子的园子里　我沉默多年的梦响起霹雳

从高处回到低处　只需要返回新翻的菜地　宁愿城市将我排除
像白菜薄脆的叶片那样　我踮起脚　打量正要到来的时光

就有渴望新鲜、渴望无害的心从土地上抬起双眼
只要学会就不会忘记的劳动　让我的清晨生长出价值

此时的我拥有平静　尽管它们不说话　没有伸出双臂迎接
我仍始终接收着从白菜根部传来的幸福电流

2

应该经常突然面向未知的事物
考核自身携带的恐惧　究竟有多么惊人
任何一个秋日都是我眼里的平凡之日
人应该不仅仅让太阳晒着自己的脊背
更要把心绪晾成乡下晒场上平铺的玉米

玉米离开之后　白菜起身拉高地平线

它被层层包裹的心　像月季一样开放得从容不迫
远比秋风平稳　远比春光遥远
我亲手种下它们时　几只鸟整齐地
站在电线上　认真盯着我手里的种子

我探望它的那个黄昏　白菜的清晰度最高
它偏低的体温　因为我的轻抚而回升
在平原上　它与野草等价　功用却完全不同
在爱它的同时　它会向你推荐菊花　推荐冰雪
还有盯了很久的　仿佛冻僵的鸟儿的眼珠
最后它建议你去探望
白菜未知的下一步

2022 年 11 月

谁都该有一座花园方程式

如果你与一粒种子相处长久
你必会被它打败

世界广阔
有的地点终会抵达

如果你碰到一朵花
你可能愿意醉在它的手边
在它的怀抱里停下呼吸

它用自己的芬芳
盖好你的躯体　虽然时间很短
黑夜越来越长

人间却是狭窄的
你必须侧身而过

如果你真的逮住了梦想
把它揉碎　吞下
你的肉体就是一座花园

2023 年 2 月

平淡的荠菜方程式

总是落后一步。每一年都是
快死去的时候
你才打开自己
提心吊胆开出的那些花　在所有花看来
最像是仿制品　但你偏不是别人
你是荠菜

你不白　也不红　也不黑
也不吱声　你不比别人绿得更浓
你细细地站着　不像樟树那样容易折断
你不飞翔　我想
你的心思就是
终生留在土里

我的猜想全是徒劳　我没能从书里
读懂你的悸动
我曾幻想着　将你的芬芳从你平淡的生死中
找出来

我不知道的是　必须首先学会将你拆开
到你的骨子里深入挖掘

2023 年 4 月

乡下最早的沉睡方程式

最早的沉睡存在于乡间　星辰繁密
挤不进关心的人
事物被夜色投入大海　这时的世间
融为一体　在黑暗中团结

总有美好时分来自深山和大河
但不属于当下也远离此岸
总有一个人　将声音提在手上
茫然四顾　无法找出自己的来处

你总是醒着又能如何
足踏飞燕驰往虚无又能如何
我就等在此时　守在此地
被不存在的火焰烤到晚年的你又能如何

2023 年 5 月

乡下的鸟儿都有一顶礼帽方程式

一只鸟有着纯白的礼帽
有着微黄的外套
裹住它超现实的身子

它细小得像是鸟中的顿号
可是它看着我　歪着头
我们之间搭建着联系

后现代的联系　一个人和一只鸟
一缕体温和另一缕体温
相似的血　供养相似的肉体

我必须敞开心灵　必须起立
我应该与岁月拉开距离　我是鸟的朋友
森林和河流的朋友　我是他们的咏叹

我们都在歌唱　共有的天空一直在放大
吹拂大地的风　只有一种

在这只鸟的眼里　我是每天的过客
就算它停下脚步　也难以记住
我布满沟壑的　反现实的面容

2023 年 6 月

其实“我不需要”方程式

其实我不需要如此大的桌子
屋子并不大　也不算高
其实我可以在自己的手掌上写出诗句
可以在门口的石头上　在你的心尖
写下短句和标点

其实我不需要如此深的靠椅
我可以坐在一截木头上读书
可以靠在门框上读书　坐在地上
也不是不可以阅读　草地啊　树叶啊
都可以承受我轻飘飘的身子

其实我不需要一间独立的书房
我最好在贫穷的时光里　在逼仄的生活中
继续我的事业　清晨醒来
让我面对门外的虚无更好　让我
走到庄稼地里工作更好　其实我
就是一个普通人　和别人没什么两样

没有特别的成分　不是用特殊材料
制成的　我与左边姓何的兄弟　右边姓陈的兄弟
还有安庆市内化工厂里忙着的姐妹们一样
不需要格外的照顾　我只要活着
没有巨大的桌子　抽掉深深的靠椅
弃绝装腔作势的书房　才是最好的

我不需要任何与众不同的东西

2023 年 6 月

辣椒果然中计方程式

果然上了种子和肥料的当
它急急地从地里长出来　在清晨让人眼前一亮
这些辣椒就停在离地面一尺的位置　悬着
把辛辣埋在心头
不再升到天堂　也不再坠入地狱

像山水那样青绿的身子　从几何学中找出圆锥的身形
它是圆的　却不旋转　有着尖角　却不刺杀
果然中了我春末谋定的计策　它一个挨一个
排着队　等候采摘的手指

辣椒常陷在肤浅的三十六计里　在篱笆的围困中自得其乐
一心一意累积让舌头复活的辣味　你看
它在风中轻摇的样子　是否会打动所有前来吃它的心?
每当我想到这一点　接着
接着看到时间就站在它像是要滴下却始终没有滴下的痛的时候
我就觉得自己太差劲　太狠　太不地道

2013 年 6 月

修整屋子方程式

花费两个月工夫　和水泥　砌砖　批灰　粉刷
将地面的石板翻过来倒过去　造一座拱门
在院子里创造岁月的景深　花不少带着汗味的钱财
于头顶装上玻璃　双层的　夹胶的
又将冷调子的不锈钢支架漆上灰色　暖调子　低调子
这种平民追求的高贵风格　正像远离自己的优秀诗歌

修整屋子是繁杂的差事　为自己惦记的朋友
专门修一间屋子　纯属自作多情　也许朋友划一只船
在雪夜来　在门外站立一宿　然后又划船离开呢
也许我根本不知道　近处和远方的世上　早就
早就没有人依然需要一间接待她的房间　需要一杯
紧抱菊花的茶　含着青梅的酒　和一碟嫩嫩的花生放在桌上

昨晚我坐在玻璃之下　同样歌颂了星空　明月　以及风
以及鸟儿挣扎的翅膀　我是如此幸福又如此愚笨　把童年时
在泥巴堆里一刻钟
一刻钟就能做完的事　故意慢吞吞做了三个多月

2023 年 7 月

如果在院子里读书方程式

如果我在院子里　翻开书页　在文字与
文字的间隙里吃茶　把一只蝙蝠当成
自己乱飞的童年　与院外的蟾蜍一起想着危险的将来
读故事　或者诗行　或者无字之书
那多好

如果我在院子里读书　我就是
在点火　添柴　掏灶灰　偶尔合上书页
如同给药罐盖上盖子　因为汤一直没有烧开
如果我在院子里读一段特别的文字
我就是在给自己的心　狠狠地下毒

如果我在院子里读雪和雨　读阳光的暖
和冰雪的寒　如果我读一丝风　一支雨箭
还有路过上空的鸟影　如果我的眼睛
依然有着五岁之前的纯度　我能否读出
真理的肉汤和时间深埋的香气

如果我推倒围墙　带上书去到外面
坐在树枝上　躺在草地上
或者到船上读漩涡　到悬崖边读化石
或者干脆到坐在云上　读孤月与群星
读与自己分开片刻的星球
如果我　在院子里能做到这一切

我　就该有一颗能制造药物的心

2023 年 8 月 14 日

经过大海而不去看它方程式

1

从自己的从前　发掘出海浪　原来
洋流曾经住在四肢之中　一滴海水
它的盐分形成于　比海更深的泥土之下
亲手剖开礁石　或许能够提取
自己不变的痛或者幸福
同时反问为何　变
为何怀着死亡和新生两个对立的胚胎
那天路过大海而不去看望海浪
当时　日照市民不知道原因

2

来或者往　与此日的气温无关
远和近　正好藏在紫蓝色的平静里
你独立潮头　如何从潮头上下来　这
才是候鸟经过时提及的问题
也许一滴雨水　真能提高海的厚度和广度
它　就这么消失在我的指尖
那天路过大海而不去看望它的沉默
当时　日照的河道不知道原因

3

海　必然在山的另一边　作为摊在岸边的
一张脸　一盘棋　和一桶用来涂鸦的丙烯

它想做的　就是让被不自由绑架的人
梦见自己是飞翔的鱼　水中的候鸟
住在自己汹涌的躯体里　不出声地号叫
那天　大海等着陌生人的体温和
此人从远处捎来的风暴　等待他在咫尺之外经过
此刻　日照的日期不知道原因
经过大海而不去拜访　正是历史上的第一次
失礼　和非比寻常的痛快

4

家乡那条名叫皖河的河流　与别的河流不同
它常年从我儿时的影子上开始
反复洗刷我的名字　在肠道般的河道里
在风道般的呼吸里　与每条河流不同
日日夜夜　它一心一意
推理着东海或者黄海淹没的每一条证据
掐算　身边的天鹅终将离去的时日
海平线中断之际　我听见的响声
一定来自它　埋在泥里的叹息
经过大海　而不去打扰它宁静的表情
正是天空　也是大地要我做的
正是　某尊与大海相隔万里的灵魂
对大海的深沉歌颂

5

河流为什么要倾慕大海　正如
道路为什么必须倾慕天空　有时
云朵与心灵立场相同　并且在占卜后
挑选出相同的方向

春夏秋冬　有时在窗外并没有发生
一所房子如同锥形炸药
被自己尚未掀起的海啸审视
八月里经过大海
要么离开　要么跪拜　第三种选择是
沉沦于两者之间

6

要么　让我成为喻体　要么让我作为本体
清晰地对调位置　我和大海无法
在此处签署合约　在日照市　海洋
处理着所有见过和没有见过它的人
那天我放下任何事　我枉然地经过大海
我只剩下咀嚼
从前来过的贤人留下的果　却嚼不出
偶然存在的因

2023 年 8 月 29 日

匆匆登上黄鹤楼方程式

经受住春秋和盛唐的烈火　长江
流得不再像是长江　今天上午天色灰暗
仿佛历史突然被轻风　吹进了黄鹤楼横截面的
第三层　所有鹤经过这里时　身子都被赋予
天子专属的黄　等飞到湖南和四川　又变回白色
鹤的大多数在现实中飞走　只有比真理还难得的
才怀着小心思　低调地住在诗词里
每天用酷似戒尺的嘴　舀江水
接松果　对着虚空唱三两支短曲
这时正是九月　夜晚的天空必然
散落着发光的文字　最懂夜色的台阶
猛然从山脚奔向坡顶　从那里回还的我
恍惚中也长过羽毛　发表过悲鸣
远远地见过这座楼　再一次被风雨抹平重建

2023 年 9 月 27 日

顽石方程式

困在里面的心脏或者皮毛　一定都有血
被压着的草的头脑　一定也有血
困在里面的光明　一定同样有血
许多金属就埋葬于其中　它们品类太多
只能将它们粉碎　分配到暗纹之中
困在里面的尖叫　困在里面的鱼和时间
困在里面的纪念碑与龙
一定全都是血

这终于敲开的痛是殷红的　敲开
百炼成钢的石头　我以为的龙与纪念碑
我以为的时间和鱼
我以为的尖叫　千万种金属
我以为的光明　石头身下被压着头脑的草
我以为的皮毛　我以为的心脏
我以为的　每一滴能够被说出的血
都是困在思想中的血

2023 年 12 月 11 日

一只大雁在我身体里鸣叫方程式（一）

更想看见　地球对面的天空
宽广到难以描述　穿过这半月的静默
就能到达特有的喧哗　像海洋和他的儿子
持一只戟　含三只角　将大海扬起来
如同秋天　扬起一筐稻谷

同时被扬到云端的还有风的双翅　你看不见
但是它在我的思想里盘旋　在昨天
你还没能感受我此刻的幸福
当一只雁　在我心里朗读　灵魂就受到冲洗
当我飞起来　却还握着你的手　你的手臂
月光下拉得如此修长

也许是笑的声音　也许是哭的声音
更可能是二者相互拥抱的声音
在我的身体里又一次鸣叫　明月无色
它喊另一只雁　呼唤另一片山水
但没有任何一把大胆的洛阳铲
敢于将这稀有之音　从我之中挖出

你能清点大海的浪花　能数清稻谷的光芒
但不一定能清点这几声雁鸣
它始终在飞　它来自我和我的从前

2024 年 1 月 15 日

一只大雁在我身体里鸣叫方程式（二）

不被下界扰乱　只是说话　说梦话
不被撩人的白昼打断、撕开
只在身体里鸣叫　我的肉体
不过是你选中的衣装

你的囚牢　我是你的锁链
也是你的门　将他人关在外界
天下变得断断续续　风景坏去
时间坏到成为月光下稀薄的蒸汽

躲着　将双翅装进我的双臂　你决不低下的头
紧跟一股鲜血　流进我的头颅
我的脚步变得沉重　是你修长的腿
前来为我支撑人世　躲着
今夜　我的躯体是饥饿的狼

被你的声音温暖　由你的语言诉说
当我看向自己的影子　我一边模糊一边清晰
当雷电在头顶炸开　北风发狂
你的某一根羽毛　渐渐钻出我的指尖

2024 年 1 月 18 日

金斗湖秋日观鸟方程式

那天的鸟儿　全都聚集到东至县　在
比较靠近陶令的水边　如撒落的种子
分散到湖的各个方位

那天的水面　被视为摊开的书卷
那天的鱼被水波供养　南山
远在望江对岸　又近在心房深处

我　由深远的念想带领　前去观鸟
鸟儿用羽毛　轻抚书页
啄起一个字　又一个字
一只鸟将一个短句甩向一边
由另一只鸟　张口接住

这些被挑出来的字与句
符合鸟诵读的愿望
这些鸟　符合不做仙鹤的愿望
无穷尽的字句铺排在湖面
也挑在鸟的肉翅上　自有宁折不弯的光芒

2024 年 2 月 15 日

春天的现场方程式

这杯凉水　将来一定发烫
屋外只有一片雪花　优雅地向泥土私奔
它不说话　激动地批判世界的破败
那不是现在的我　而是时光的尖兵
率先扶起野草
让它们为自己起草花朵

忧伤起跑于某个特定日子
有形的锣钹用无形的坚果
敲打道路旁边的里程碑
你不会看见的　唯有那缕早期的青烟
它正拔高围困它的田野
顺手牵回　走失的青春

从群鸟的交谈里苏醒　少年走向学校
书本摊开在桌上　窗户开向倒数的日子
刚刚　婴儿拒绝了引路者
一头扎向人间　他古董般的脚
带着前世馈赠的一丝暖意
将尚未流出的泪水　踩成锡纸

2024 年 3 月 7 日

在牛的对面弹琴方程式

环境只能如此优雅　青山合围
天地清澈　但仙风道骨的只有你
叫停追逐浪子的云
花朵将各种力度的风捆在心脏

最平面的溪水成为
最立体的水晶
手指倒映在蓝天　琥珀在密码后惊醒
结束完梦想　现在正在低泣

抬起头来　将吃草的牙齿朝向
森林和甘露　你是懂的
你只是抵制叫好　你只是抬起头
用惊世骇俗的眼神
在茫茫人世中找出我

2024 年 3 月 7 日

第二辑

诗出何墩村

何墩村：月光

——写给 XN

不是每一夜　它都被我
关在院子里　一圈围墙
在四个方向上看守它

时间每次绕道经过这里时
都调得很浓　晒得养眼
我　用台历中一把旧锁
将它锁进　有窗的卧室

今天我很成功　再一次
将月光诱进大门　就像往地上
倒酒
洒遍小院
用四面专用的盾牌　护卫它

被月光填充的半空　飘着
印有波浪的樱桃树叶
形同省略号的多节虫
在上面寻找过珍珠
依自己的样貌　打过孔洞
月光在这里进进出出

被月色刷得发白的墙　树影
每摇动一次　都能摇出一缕

有深度的风
风　擦拭院中的万物
直到其中　两个牵着手的人

老掉牙的石板
素面朝月　石板与石板之间
青草　一节节上浮
它把月光当作粮食　一粒一粒
压缩到草根

从 1983 年开始　就在这里
彻夜等你
青草　忠诚着……站着……等着
等得出汗
那便是每到七月　必从月光中拧出的
如泪的露珠

月光　被我心里的绳索
捆住　堆在院子里
而你　生来是自由的
你　斜躺在轻薄的帆布椅上
被月光掩盖
被月光显现
也被月光怀恨在心

2021 年 11 月

何墩村：双季节的皖河

今世撇不开河水　稳不住衣襟上的露珠
露珠中鱼的影子　被阳光按进
宋朝柳某的水底　灌区没有石潭
半世纪前　这里的土在我肩头起伏
性温　滑溜　让游子跌回深夜
黏着叫家的地方
离开故乡后一直带着的身体　累到变弯
每到周末　我便是单腿站立的司南
惦着江南的阔叶林　雨下的斗笠　白烟
一丝柳絮　两团柳絮　舞出一幅
春雪图景　蜻蜓算定日子
从五月出门　与过客纠缠不休
绣有蛾眉的脸　在我消失的年岁中欠身而起
冰　赖在每户人家的檐口
手臂高冷　日夜指点地下
说黄金屋　说颜如玉　说开枝散叶
父亲拍着耕牛的头　用犁尖
将肉脯般的土地割开　我
被赶往学堂　一条铅笔线　将你与我的藕
切得一丝不连　未流一缕鲜血
借着隔壁人家的光和暖
我读书　做广播体操　到县城陪你赶考
走水路　坐船　一群祝福的鱼很可能
就跟在舵的后面　默默游得很远

此人以草为饰　系不尽草的翠绿　草的明黄
从这里一抬腿　就是娘心上的千里之外
走远路　夜路　走比之字还之字的险路　停在那
没想到会终生停在的地方　夜伏昼出
得意和失意交叉　喘息　空想
发了多年该发的呆　从阳台某盆正在降低的花
联想起　身上汗毛般的草　正齐刷刷浸于河道
最短的蚱蜢蹦　最长的蜘蛛爬　蛇蝎温柔
悠然找回洞穴的热心　在冬天来到之前
还有些日子　可以铺排河道冲出的奢华广阔
有的草　天生就懂得斜着身子
有的弯着腰　有的终于学会倒在
另一些草微敞的怀里　不管明天后天
我　也要躺上它的全身　沿它的体香闻一闻
顺河道流回的　明晃晃的小时候
在它嘴里打滚　跳跃　奔跑
把读过的书全喊出来　此时的风
以土匪的阵势扑下　威逼草　成为人人争抢的绸缎
在河道扯出旗帜　盖着黄土的脸　如同
覆盖一位　被绷带捆住全身之际　还念想着
渡往河东的楚国子侄

2021 年 12 月

何墩村：归乡十七拍

我已经忍着痛　将自己与这座城市撕开
我马上转身　向南回去　沿着来时的路
沿着来时的风向　和村子里三十九年前
点燃的送行爆竹　我的车向西南方行驶
沿着来时的道路　风景已经改变但方位
未动　乡村几百年前　就被树木和庄稼
种在地上　淋雨　吹风　听凭飞鸟环绕
蝴蝶粘在窗上　张着翅膀打盹　捡一粒
黄豆　经过磨盘和柴火折腾　变出豆腐
接着滑进补过的铁锅　接着　夜色传出
叹息　热水紧握父亲辛苦的双脚　床单
粗糙着　玻璃瓶由母亲注满热水　放进
被窝　我知道　母亲的身子一直温暖着
我家的三间屋子　我的书柜　里面有些
被虫吃了一半的书本　它们在墙边等着
凳子　蓑衣　门框　墙上的年画　时间
全约好了　等我　瓦缝里落下的雪粒也
等着我　只是　有一串唯美的杂姓名字
与植物和气味相关的名字　半路上放弃
等待　被深红的轿子　马不停蹄地抬走
无论我将方言复原得多么地道　衣裤上
沾着多少泥浆　都无法追上远去的轿帘

我依然穿棉质的上衣　夏天在城里的家

我总敞开自己坦荡的胸膛　宁愿被夫人
在书上嘲笑　我驾着车　沿路闻着自己
设计出的土腥味　虚构着一座乡间私塾
让自己和全村的子孙　背着书包去那儿
读四书五经　读道德经　行成人礼　有
清秀的五官高贵的心灵　从古典的乡下
打马出门　去立功立德　我在心里砌起
一座祠堂　可查阅谱系　可以祭拜祖先
与老人们掐算　族人凑多少银子　才够
给进京殿试的子孙　我开着车　一路上
把生活了半生的城市　一节节　从心里
无情删除　填进路边的池塘　你必须把
自己的身体　清理干净了　才能容得下
体量很大的老家　分量很重的人情　我
下车　想找家小店　买点刚从地下挖出
的花生　敲开她壳里的矜持　借着灯光
剥开她的衣裳　抚摸玉一样的脸　一头
扎进她的清脆和芬芳　终于　我把自己
倒拔出来　移栽到乡下　村子最后一尺

明天　我必然会在鸟的曲调里醒来　用
地下涌出的水刷牙　吃死去的娘爱吃的
咸菜　必然坐在斑驳的门槛上　一口气
喝光粥碗中的光芒　必然　拎锄头出门
顶着形如荷叶的草帽　我要弯下在城市
决不弯下的腰　种五斗大米　九枝菊花
教妻子打理菜地　向着泥土　磕头捣蒜
上午　我必能让她学会　在阳光写就的
玉米身边陶醉　申时之后　沟渠里游动

的蝌蚪　必用丝绸的尾巴　摇醒她沉睡的母爱　我必然要站在更大的树下　听晚霞那迷人的呼吸　夕阳那惊人的笑声　掌中麦粒闪烁　我将群星种遍天空　在这温柔的良夜　如果族长没有时间　我必然隔千万里邀明月共饮　如果子孙们没有时间　我就睡进　一盆兰花开出的幸福里　如果　我睡到很迟　请别叫醒　如果我没有时间醒来　请把我还给泥土　还给父母　把我移栽到村子外围　让我　让我不必欠身　就能一眼认出我的村庄

2021 年 12 月

何墩村：与白鹭对饮二十四拍

你的杯子必须很深　否则你会将这个日子连带下个日子
一股脑喝光　由于你显得太高　而我的腿脚与我的雄心
不成比例　借来十二月中旬的月色　设法使它子夜变暖
酒也暖了　是从怀里掏出来的　像掏出藏在底层的老友
可能斑驳　满面尘灰　身上的文字正如被枪弹糟蹋过的
战场　但有着自己的烈度　除了酒　它不可能作为别的
活在世上　你的菜必是自然生长的　每次我遇见河里的
小虾　它都清晰地透明着　谁知道是等你还是等我揭开
它从不设防的身子　有时你也喜爱青草　喜爱河水底下
紧抱梦想的螺蛳　喜爱风依次梳理眼神　号角偶尔吹起
泡沫　你　站着喝酒　暴露你修长的大腿小腿　和不比
不比天鹅低一级的颈　我想过　你最好是飞翔的长颈鹿
吃春叶和秋果　代表我打望森林和湖泊无比清洁的国家
莫非你还是　将高度全都长在腿上的　神仙左右的童子
全年罩着不必浆洗也能洁白的袍子　即使遇到泉水　也
宛如仙境的袍子　今夜　我们谈心　谈谈青梅为何　从
三国煮到如今为何　谈谈这只杯子　唐朝以来一直空在
这河边　与夜月永远生死相隔为何　一半明一半暗为何
第一杯我们饮下粮食与烈火　第二杯饮下你卸去的远方
握住第三杯　我们抬手　仰面　明眸朝天　将半生期待
一饮而尽　还有正在离开此处的此刻　恍惚惊叫的来世
全被铁壶下的火舌　熬掉草药核心的痛　白玉外表的假
青铜和它的变体　一直站在枪管最后　它在念想里自语
你是一团曲线　由两根直线撑着　难免麻木　企求痴心
妄想将飞翔之前的俗事　全都捆好放在北方老家　一丛

荆棘　任他面目清秀　又如何能够拉回奔向美酒的灵魂
今夜你我　权且活在酒中　杯中　壶中　你与你身影后
的整个家族　形成美丽的排比　而我与你　还有清水的
桌面上等得深不见底的杯子　形成的对仗正在刻骨铭心

2022 年 1 月

何墩村：腊月二十四接祖宗回家

乡俗还没有完全离开人心　再等几天
见不到的父母就必然回家
他们在此盖过房子　先是棚子　后是土坯屋
最后是青砖瓦房　父亲坐在屋前
看天看树　一年里总有那么几秒钟
他活得河水般清澈　蜻蜓般轻松　等于
没读过书的哲人　我的童年无法将他听懂
天亮之后　母亲的脚钻到绣花鞋里
鞋尖的荷花坐在布的船上　飘过
纸钱的白灰和鞭炮喷出的泡沫　我想
她很高兴儿孙布置了满堂灯火　现在
再也没人会看见她虚无的害羞
她会让父亲挽着手臂　我希望
母亲的衣领边　那朵梅花还开在傍晚
我希望她的辫子　像七十年前一样
依然是一条流过腰部乌黑的河
希望她能款款走到台前　唱念做打
给脸红的父亲和心跳的别人鼓掌的根由

再过几天　母亲要脱下棉布厚袄
系上带花的围裙　像当年给学校师生做菜一样
认真做年夜饭　烧年年有余的鱼
烧每年第三次吃到肚里的肉　和从地上拔出的
高秆白菜　为我敬给父亲的酒加热
父亲的脸　升起田地停顿之后

才能泛出的笑意　温暖的灶下　他用火钳
夹出浑身发烫的柴　点燃一锅旱烟
以他农民的鼻子　使劲闻着漫出锅盖的
嫩葱的清香　之前的某些夜晚
芝麻　炒米　生姜　都被做成了糖
一把刀忽上忽下　切出花瓣式的薄片
豆腐被发酵成腐乳　红着脸挤在瓶子里
鸡挂在树枝上　被北风吹走骨缝里的咸
令鸟儿滴下口水　面粉懒懒地白着　任手掌搓揉
捏出微胖的饺子　拉成清瘦的挂面
一切停当之后　我离开工作　顺着父母的喊声
回家　带动妻子和儿子　享用抹了又抹的桌椅
炖了又炖的老鸡　体会晒了又晒的被子
在擦了又擦的油灯边　我画我读了五年的小学
画我铁环滚过的土路　和跳过的房子打过的水漂
筷子　由屋后的竹子削出　菜摒弃了每一粒味精
因此舌尖　愿意在家乡的油盐中搅动波浪
柴火噼啪作响　炮仗噼啪作响　酒奔出酒瓶
扑向杯盏　与我一起迎接爹娘回家　用满堂灯火
用点了又点的高香　用长案上摆成土丘的水果
还有月季　在大门左右坚定地开到明天　我用它
款待我喜欢花朵的母亲
和她只有空闲时才能靠近花朵的丈夫

2022 年 1 月

何墩村：不去打扰湖滩上的天鹅

我不去打扰湖滩上的天鹅
她们正安坐在幸福之上深沉地发呆
大雁再现舞台上的帷幕　缓缓降落
水波停止之处　鹭鸶正松软地散步
万千物象
果然都不在天鹅的意念之内

鹭鸶的腿看上去僵直
却是村庄北边最长的概念
天鹅的脖颈相反着
弯出比概念更长的实体
来到湖滩中心
我决不接近
泊在每条弧线上的天鹅

多年不曾相遇的她们
隔得山高水长的她们
我忍着　不去打扰
阳光下
她们比期待还要漫长地发呆

下午　她们溢出的洁白
是全身上下的光华
是身体内外的光华
各种细小的鸟

如同弹跳的果核
大雁　鹭鸶
和她们喜爱的湖滩
都沉落在光的协奏里

洁白成为天鹅的全部重量
在我的村庄
和我远望她们的年代
只有天鹅携带的一团洁白
能够既存在于现实
也诞生到非现实

2022 年 1 月

何墩村：死亡最容易在此时发生

在乡间　总能听见万物起床的声音
包括从故乡后撤三十余年的父母
很久以前
树枝就已不再承受春天
死亡　最容易在此时发生
太阳的温暖　始终透着虚假的意味
在极度焚烧之后
汉语般灰烬　汉语般四肢无力

雨必不可少　正如
从河中涌向岸线的忧思和呼叫
纵有千般低泣　也无法拦住
奔往黑夜的翅膀和箭头
我想厘清的是：
为何多年前的雪
还执意盖严我心房的屋顶
冷意凛然　为何你
最终将我　交给一双手牵往他乡

我只有倒立　才能
向外倾倒那雪
和肉体中本来就很少的
糖、盐、钙、胆汁
我希望能够倒出
父母的名字

不让它们沦陷在
黄色的泥土　和我
习惯性的连续咀嚼之中

如果时间不能
成为装进万物的容器
它就一定是
容器的反对派　装不下
任何痛苦和幸福的经历
它像一个　横跨季节的桥洞
听凭激流的白和天空的蓝
把苏醒后的一切
再次交给烈火的卷舌音

于是死亡
最容易在此时实现

2022 年 2 月

何墩村：野花演义

过去　她们不存在
在来到此地之前　无人懂得
五谷不够　清水不够
野兔和獾的脚印偏少
土地寻找懂得自己的人
她被冰雪盖住的灵魂
还有另一些需求

母亲这时出现
她到达时　世界是一个
没来得及布光的舞台
母亲　围着蓝色围裙
绣好的花边　束缚
她闪闪发光的腰

土地睁开双眼　风的手扶着树枝
轻轻抚过母亲的脸　花籽落地
少于斜飘的雨珠
当她还是少女
她被深睡的花朵多次梦见
因此　她的美令矮小的我迷醉

野花成群　虽然未来
她们也会不再存在　为了天空
原野将自我彻底敞开

蜜蜂学习雨点　被花朵吸进口腔
因为刚刚飞离约会之地　蝴蝶
浮在自己的翅膀之间
每天为迟到悔恨　风
收集仿佛虚假的香的烈度
吹往别的岁月和村落

我想追究的有：
野花何时会屏住呼吸
母亲死后与花的间距
还有　野花是否
是芬芳最恰当的源头

2022 年 3 月

何墩村：河畔，初春

肃立河边　力的音高拍向耳膜
顺河道向前　雨水来过这里　雨水
一直没有与我公然告别
任何一种悲伤　都不被任何人提起
不幸的是　我知道
一滴雨里　就压缩着一条河流
不幸我知道　一个姑娘
多次死于河的中段　她的乌发漂在水面
不幸的是　即使是没有腿脚的风
也会在波浪上绊倒　经历一趟
没有穷尽的生死

2022 年最初几天　河水不断从村庄
向外流失　它带走什么？今年之前
又带来过什么？是阳气还是阴气？是叹息
或者欢笑？
空中的长鸣被按在水底　我的影子
一半停在岸边　另一半
被人从村庄的胸部一次次喝光

凡是水　都无所牵挂　都以这种腔调
离开　整整一年　又整整一年
每一个整整一年　都被削成
水里的鱼刺　扎向高高在上的云

今年的荷花　尚未形成胚胎　布谷
刚刚清理配偶的声道　半分钟之前
雨水竖着落下　船横着撑开
柳树披着长发　绿的　嫩的　发疯的
再次直指　地下的白骨
和白骨边反复徘徊的阴影

河流　从所有逝者的教坛下毕业
所以它用漩涡　锁紧又打开河水
一个漩涡　等于大河叛逃时
对村庄的一轮回首

2022 年 3 月

何墩村：2022 年 3 月，与春雨闲谈

今天我是你的　不再凭空挣扎
我亲手为心灵扎上绷带　腰在痛
是被行走的脚的痛所传染
从雨前的乌云里　我命我的豪情折返地面
坚信远方　从来就不曾来到近前

我不再挣扎　因为你会在众生里找出我
你用一滴雨　就能敲响我头颅里的钟
我的骨是硬的　密的　黑暗的
无论地址何等遥远　它依然遥远
我从未见过的家　已从平原迁向深山
野兽身裹黑夜　于月光下出没
当你出门　看天　推算雨季
别让挣扎在灵魂内发生

你是对的　必须让所有瞳仁
每年经受十二个月的煎煮　再由雨水加以滋润
加以冷却　继而轻抚　你离开之后
一条被想念的狗　怀着未被稀释的忠贞
它把我看作天大的朋友　你是对的
你必须先扑向风　树冠　必须把自己
拉得比长叹更长　更瘦　在落地之前
你不能产生任何　与性感有关的弹性

我是今世唯一通晓你的人影　海洋

不会因为你的放肆而满溢　河流
却会由于你的决绝　而枯萎　我
也曾干枯　与身边的树
在梅花破碎的格调里约好
站立　弯腰　折断　最终
成为雨的段落

我是你的　树和我都是你的　天下
是你的　你不仅让我潮湿　你还让朝代生锈
骑着云的乌鬃马　你手执闪电的缰绳　刺眼
让天地生出锥心之痛　为了你　群山一如
返青前的处女　等待炸裂时光
一棵从未来到世间的草　会在那里出生
它的到来　是对其他生命的否决

我把一粒关在家里的灯火　将海棠的胚胎
看成过你　少女的眼睛　我视为你的光辉
她的面庞　是每一个我的全部天空　一把
来自昨天的刀想切开你　一把锤子从明天砸来
想着将你粉碎　但是今天的我　是你的
明年的我也归于你　在我不得不处的人间　只有你
才能将自己和自己分开　才能将我
从你身上卸下
但当我　骑上前来迎接我的鹏返回天空
你的绵绵针脚　会将我和你深深缝合

2022 年 3 月

何墩村：稻草人制作提要

稻草最终会被
烧掉
或者被飞快的秒针
绞成泥泞

造一个稻草人
我依照自己的样子

不用镜子告诉我怎样捆扎肢体
我和别人
长得没有差别

捆绑自己　只能用绳索
缺少一条腿　所以
我很抽象

捆绑自己　不能用别的
没保留五官　所以
我很后现代

我是人的一张扉页
是给抢食者解读恐惧的内容提要
我是自己
也是你们所有人

城里的　乡下的　活着的
特别是

死去的
已经简写成骨头的两臂
被泥土逐步收走的裤腿
退回到指关节处的
仿佛一直等着朝阳的
戒指的概念

一顶帽子
扣在头顶　形成
一片树荫　虫子一家五口
躲进永久的阴影
逗引
向蔬菜飞翔多年的鸟

鸟的欲望在翅膀上思考
接近或者远离

每天早晨　鸟翅
都
陷入
我给它布置的阵痛之中

它来自
飘在鸟翅的一面旗帜

却在扎成手臂的稻草上

像血肉一样
被东来的风
反复搜刮

2022 年 4 月

何墩村：春夜

终于　烟是方形的
河流浩荡　又扁平
自夏朝到今天
能将风抓住并收进罐子的人
从来未曾苏醒
猜吧　春天痛得大汗淋漓
猜　猜为什么　今夜你站在一粒豌豆之上

只剩那只放弃说话的鸟
记得整个世界
有些日子　我追上它飞越山巅
它比夜更黑
胜过任何光源

在土地心里　我唯有献出骨灰
才能成为一捧种子　其他都是
凤凰抖落的余烬
火的脸曾经红过　现在
却躺着向前燃烧

不会有人请求雨水
在青草上立正　或者悬在云端
你名字的三个汉字
从他人的秤上落进油锅
翻来覆去　煎了又煎

但愿我依然睡在雾中
但愿灵魂比这肉体睡得更深
与水相隔更远
梦里我同样不准触碰波浪
我
只想保住出生时的尖锐
再次在一只乌鸦的喙上
啄出事物的血

2022 年 5 月

何墩村：星期六之花

本年度月季陷进沉默。
七点钟。我被栀子的香味惊醒
两三个过往的日子
侧身返回院门

凌霄的身体是红的
在金银花和它之间
细碎的叶片　不断拐弯的枝条
盖不住石榴花矜持的气度
不远的下午　风车茉莉面色苍白
刚刚从雨中手拉手逃回

有些清晨
栀子挤在景德镇的青瓷里
与童年稀有的米饭色调一致
更多时光　它们斜插在
母亲的乌发中央
花茎清澈得
让时间离开时都能保持鲜脆

星期六　母亲回家的时间
我等在泡桐树下
紫红的花朵有着铁器的重量
从肩头沉向脚尖　天色渐晚
我孤单的童年

沐浴过薄弱的晚霞
当灯火在人间次第开放
让我们在何墩村里坐下
听父亲再次说起
无法穷尽的农事和累

2022 年 5 月

何墩村：五月，人来人往

单月　温暖　蚊虫兴起
走过麦田　收割机吞吐丰收
菜蔬　由邻居递来
拎往厨房　茶色深厚
正是朋友之间该有的态度

带上醉意生活
能捏造一段美好时光
雨水被风吹淡　挂在竹帘上
摇摇欲坠正如青春

人来人往　我的家里
总响着简练的脚步声
开门　关窗　摆出凳子
你的姿态何其真诚

这明亮的笑　这拥挤的夜晚
这酒的高举与落下
还有这黄连的甜和蜂蜜的苦
竟再一次恍如隔世

2022 年 5 月

何墩村：南风正起

我的村庄挤满细胞
灯火与文字重叠　青草与牛背相拥
三月的柳絮格外夸张
径直飞向菜花铺陈的四月
马齿苋　荠菜　手指般的葱
相互照亮的屋顶
借春光将眉眼描到又亮又甜
我的赶鸟人
是去年秋季的稻草做的
旗子在它手上　脑后扎着彩带
南风起时　它空洞的眼窝
被村里涌动的全部细节填实

下午　村子随风转动
只有熟到泛香的麦子
笔直地站立　笔直地倾倒
该翻转的
与芭蕉同时翻转
该浮沉的　追随蝌蚪浮沉
又一粒尘土被吹向天空　这是
作为尘土　从未想到的高度
没有任何哭喊打算绊住
风的足音　我追上风
依旧向着北方

南风正起　有人一直坐在风中
你抓不住他和他深沉的一生
是因为你不曾在此挣扎长大
你从未由此起跑　奔赴他乡
是因为　你
无法死在它的细胞之中
安息于南风正起时分

2022 年 5 月

何墩村：端午与玉米为邻

麦熟　炊烟升　白昼渐长
米粒扑向蛋黄和粽叶
由妇人的手反复拿捏捆绑
楚国强烈的疼痛正被紧紧包扎
清香四溢　无人能够辨识
朝堂之上苍茫的杀伐血腥

它等在门边　面向朝阳
时光隐身于绿色之内
风起时流淌　风息时凝固
露水浓重　每一片叶子
都带着刀背和两片刀刃
自从田地包围农舍
奔向月亮的全是太息

成长越快越逼近粉身碎骨
同样是一缕青烟
前去为玉米断送前程
谷粒金黄
含油　含淀粉　含蛋白质
含植物纤维
含迈出门槛后的万苦千辛

作为近邻　我被迫掰断
玉米腰部逐步向上的诗行

咬字　嚼句　吐出标点
这沉睡了几千年的人世
最好与我　与玉米
不通片语只言

2022 年 6 月

何墩村：为何永远，怀有葱的羞愧

每天准时出现在这里
我是放逐到人间的一根葱
渴望被掐去　被吞咽
调出土地的香
从列传中带来一缕火焰
始终幻想
自己从变黑的血
返回深绿的青汁

你的心　跳了三千年
如今冷如铁蹄　硬若昏君
你反复踩踏我柔软的爱
请解释炎夏开始之际
我的兄弟
因何身裹白帆
漂泊在大海之上
岛屿因何低泣
钢和青铜
因何在奔跑途中腐朽
我是东方烟熏火燎的苦痛
渴望消逝于道路边沿
而不是每天准时出现

为何　每一年
我都比暮春落后一步

为何　我不砍断挣扎
面对烈火
为何永远　怀有一根葱的羞愧

2022 年 6 月

何墩村：黄豆的今年与往年大不相同

这片土地原来被海泡着　后来海退到上海以东
这片土地现在长着黄豆
原来一个坑里只种了一粒　渐渐长成了一棵
往年　许多往年　日子在我父亲手里风调雨顺
轮到他的儿子　大涝　仿佛海快要回到村里
大旱在今年发作　一切都变焦　都蜷着身子
都呼吸困难　医院是不收黄豆的　中西医都不把黄豆当人看
和东北的高粱　山西的小米一样　它只是庄稼
何墩村的黄豆　原来是豆腐的祖宗　酱油干的源头
现在却形容枯槁　让种它的人们每天诅咒雨水
原来应该绿的叶子　今天早晨一碰就碎
弯曲的豆枝　一折就断　它只能摊开双手
和土地交错叹息　它们决定不了天上的事情
更不能决定自己能不能活到收获的那一天　我
看出黄豆面对秋天的愧疚　它原来希望被收割
它想看见我的笑脸　所有的笑脸　它想演好自己的角色
想发展出豆粉和油　循着黄豆的愿望
我用油彩将它画得十分精神　就是因为在这干涸的年度
它能每天借炽热的阳光　向整座村庄说着“对不起”

2022 年 9 月

何墩村：我可以，十月底种菜

我可以挖地　开沟　敲碎因缺水而麻木的土块
碎石　瓦片　鹅卵石　红得疯狂的草根
我可以一点点剔除　我的耐心建立在
你对白菜的热爱上　有朋友说　秋天的白菜正如
春夜的月亮　他是对的　目前
他正对着自己的婚姻　愁绪四起

我可以收拢自己散开的心　宛如将甜蜜的泥土
用锄和锨集结成一个单元
因为雪水冰清玉洁　将会围着地块立正和唱歌
在南北方向上　我要挖出两条长长的小沟
在东西方向上　再挖出两条短沟
我可以忍受底肥的脏和腥　我的手
可以冒出水泡　滴着汗水　累到骨节粗大
我为白菜整理的床铺　务必要安宁舒适

让它们在最好的温度和湿度中　睡一个
出生前的好觉　三天之后
恰逢满月之夜　它们说
等鸡鸣三遍　熹微初显　四下肃穆
就会　向天地献出嫩芽
待那时　轻轻扒开铺满床铺的细碎草茎
我可以告诉你
成群结队地　淡黄地　若有若无地　淡绿地
它们果然来了……莫非我

可以再次从城市滚回乡间
任村子将我捏造成正常的种菜者

2022 年 11 月

何墩村：为菠菜说

她有出生或者不出生的权利
她可以直着生长，
她也有横着、斜着、弯着长大的权利
根可以是红的，也能是惨白的，还可以泛着浅浅的紫
她有与泥土对立或者一致的权利
对于阳光
她有接受也有拒绝的权利
对于风
她可以起身相迎
她也可以怒目相向
高兴时刻
她可以和其他菠菜住在一起
忧愁之际
她拥有远离同类、小隐于野的权利

当她渴望高大
她有权长得比大蒜更高
她也有拒绝肥料、不求长大的权利
招人厌烦的野草
可以作为她的知己和导师
她有选择朋友的权利
站在自己扎根的一小寸土地上
她有决不迁移、终老于此的权利
她可以在最后结出籽实
她也可以不为来世储备任何种子

因为她有
取舍明天的权利

菠菜
既可以将自己修炼得秀美、青翠、有点甜
也可以将自己磨砺到干涩、枯槁、透着苦
在地与天之间　于光与雨之下
她虽然　生来就是菠菜
她仍然拥有
决不长成任何一棵菠菜的权利

2022 年 11 月

何墩村：遇见几节藕和一群人

长久绷直的河岸最终弯曲　如果仔细听
空中总有音乐　仔细看　云中总有影像

在相对的位置　藕突然收紧腰肢
将孔洞打通　它容忍孔洞仿造细细的腰

每一节藕都说着他人的故事　它们决不会相同
藕　在河流中撰写河流　于污泥下批阅污泥

北风四起　比音乐更响
初冬已至　藕像极了省略号　带着寓意出水

我看见一群人　涌向它的洁白身体
既像簇拥偶像　又像围困死敌

2023 年 1 月

何墩村：整理菜地的两个幸福白天

后来我凝视松软的菜地
在缓缓转暖的阳光下
将大脑中的各种蔬菜移植到地面
雨水　阳光　风和后来的雪
陆续倾泻到它们怀里

有几秒钟　我被青色的虫子啃着
我的幸福就从那时开始
它像是劳动之后降下的深沉暮色

奔出身体的汗水将我冲回少年
它漫过我的衣衫
它告诉我：是时候了
你该回到村庄
成为它的任意一个关节

2023 年 2 月

何墩村：我愿意学一粒菜种落在乡下

大地的皮肤是开放的　山峦拥有半真半假的绿色
春天正在赶赴明年的路上　谁的手
正拿捏着我的心

五月突然来临　每到早晨　时钟准时经过六点
此时的声音是鸟找到自己的窗户
一只脆弱的蛋抓住东风坠下屋檐

某种痕迹在古代就为今天预留　行走其上
你的脚印印刷勉强　远方
我正在想起　就是你的远方

田园　云朵　水与山
树木　蔬菜　我少年的荷花
童年的一抹鲜红　空前绝后的大雨
仿佛每天都要遇见

烤焦的文字　章句　总是被苦难修改的法则
拎着越来越小的自我的影子
我愿意学着一粒菜种落在乡下

2023 年 5 月

何墩村：一只桃子带给世界的

桃子的心这样坚硬　如果有一把杨志买来的好刀
便可以用这样的心脏雕一条世上最小的船　船上悬着
一个月后必有的萤火虫
桃子的脸这样红润　红得健康还加上害羞
让她在初夏的门边亮着　加害于写诗的青年
让他患上年复一年的相思　桃子的脸皮是这样薄
这样脆　像一层膜　哪怕是婴儿无力的手
也能将她弹破

在一只桃子边上　摆上怎样的艺术品
才能与她的本性相称？在桃子下方　垫上绿草
或者土地　或者流水　或者风　都无法恰如其分
将她画到布上　就不能表现她的深度
将她写进诗里　也不能传达她的甜度　如果将她吃下去
桃子　被杀死在牙齿中间　此时的桃树
会有一阵痛楚　只是快乐的你不能体会
就连在树上筑巢的鸟　也会记得你造成的仇恨

这颗桃子　正是年少时我向往的桃子
一如当初　她的花仍然开在章回小说里　当少女惆怅失意
漫长的春日早晨　她的花将被安葬在书的深处
一定是在春日早晨安葬　一定是葬在书的尽头
只有这个时刻　这样的地点
才足以铭记一只桃子带给世界的悲伤

2023 年 5 月

何墩村：有人经过说菜种得很好

起床　锄草　捏碎露珠
有人经过说　菜种得很好

时间在种子内部长高　我总能听见
蔬菜向我倾诉的声音　我总是跟着微风
追逐菜叶舞蹈的脚步

没有任何事物比乡村更加巨大
太阳说过　它要离开城市
它是乡村的头颅

麦子熟了　整个麦地就像
一只热烘烘的面包
蔬菜只占住一角

但这就够了　这就是我们要的：
有天　有地　有亲人
有自己制造的蔬菜

2023 年 5 月

何墩村：黄瓜志

黄瓜的可爱不同于其他可爱
它带着刺　却并不尖锐　你可以触摸
虽然姓黄　但故意又青又绿　有时还露着白色
它醒着时　身子刻意蜷曲　而睡着时
睡着时她的身体伸得很直　有自己多姿多彩的腰
有打开后十分矜持的汁液　隔三岔五的小籽
嫩到极点　嫩到令人不忍触碰
黄瓜的特别　黄瓜的谜
很像一位姓氏不明的女子　没人见过她
只是由于　她在等待人世变好　好到值得她
值得她手握洁净的泪水到来

2023 年 7 月

何墩村：今天不拔草

昨晚我们说好　今天拔草
现在雨很大　整个何墩村都被雨水淋湿
此刻是七点半　我们去看雨中
丝瓜的样子　它又细又长的样子　安安静静
在微风中长高的样子　一定很惊心动魄

去园子的路上　很响的雷响过
再一次　你躲到我的怀里　这多像少女时的你
那时是真的胆小　再好的风景你也会闭上双眼
下一轮闪电快要来了　你能否　睁开眼睛
我们去看看闪电　看看一缕短暂而强烈的闪电
能不能照亮菜地里
全心全意等着太阳的葵花

2023 年 7 月

何墩村：它的雨声

这些天一直很晴　风也少见
地里的秋葵　树上的枣子
好看的月亮菜之花泛着一寸深的浅紫
还有豆角　身子里怀着一串又一串豆粒
笔直地指向地缝　那些朝天椒
始终不知天高地厚　选择最红的红　最尖的尖
一直朝天空拉满了弓弦　总有一天
它会射出去　然后落下来
正如村里老人死去时　从天空炸落的炮仗

雨声蜂拥　风被逼停
隔着玻璃窗　岁月如同被大雨剿灭的烈焰
静止于立秋后的第七天　此时
我担心的不是省城　不是京城　不是能活多久
我只担心藤上挂着的冬瓜和葫芦　会不会
被雨的声音吓着　吓得掉落下来　我
是如此沉沦
沉沦到只想着自己的土地　沉沦得只剩下
何墩村　和它不顾一切扎进子夜的雨声

2023 年 8 月

何墩村：想念菜园

听说辣椒红了　然后落了　丝瓜老成一张
臃肿的拐杖　可是我被安排在遥远的合肥　昨天在
更远的淮安　吃的　并非丝瓜和即将掉落的辣椒
推想菜园　在初秋没有膨胀反而收缩
我的心　只想摊开　晾在它的边上
我不该再次将它折叠　将它揣往城市
我应该在它的青色里散步　它的藤蔓应该
趁着夜色爬上黎明的后脑勺　土壤本该又松又软
在七月透着宝贵的清凉　凡是忙过的主题
都已经　至少正在步向结局　听说你们已将眼光
转向别处　但我这团来自乡村的胀痛的心
仍然陷在菜园的概念里　来回翻滚

2023 年 8 月

何墩村：乡间之晨

1

很多时候　我起身很早　乡村总是这样
让你反复陷入空虚　沉沦在这一片
自己也不知道原因的宁静里　我的身体
就像落在远古的海面　无人能够施救

爱上清晨的人全都难以救治　在
树木与树木的距离上　你无法揪住一段斑鸠的叫声
你敲门　徘徊在别人碎过的心灵之外
你是冷的　就算在七月中央　你还是冷的

2

是谁说过每一个早晨都不同一般
是我　也是你　活着的过去和死去的过去
它的背后没有绝对的不同　我测量过早晨的深度
比子夜浅　但比　比你难忘的黄昏深

是的　你脸上的时间是多彩的　而早晨
而早晨只有一种色调　低沉的　广阔的　让人
心惊肉跳的明亮　以及一条
既通向昨天也指向明天的　很长的坡道

3

仔细谛听　在无声之外必有一种声音

将无声撕得太碎　太彻底　太无形
是邻家的第一遍鸡鸣　又是群星失足
掉进了屋后的河流　我醒着　终于关起妄想的脚

露不过如此　霜不过如此　雪不过如此
菊瓣和开成菊瓣的剑芒也不过如此
在天亮后的无情之外　必有一段深情
在经过早晨之前　必有一天是抹去早晨的一天

2023 年 9 月

何墩村：什么都没有发生

上午十点　闲在院子里
我没有作为　也没有发呆　没有人
从某个地方送来脚步声　没有风吹
每一缕阳光停滞在每一个坐标上　看不出
青菜有生长的趋势和花朵步入凋落的倾向
大地离我很远　放弃了接近天空的欲念
而海洋　高山　草原　一切巨大的事物
都躲在我的十点钟的内心　一心一意沉睡
老美和小米隐约存在着　不发白　也不发黄
用来散热的舌头　也缩回了口腔
正如我　两位一动不动坐着
没有实　也没有虚　没有假　也没有真
没有动　甚至静到让人觉得这时刻这地方也失去了静
至于二十里开外的安庆城　此刻没有进　也没有出
没有生　也不会有死
没有电话哪怕从远古拨向我的耳朵
当什么都没有发生时
唯一发生的是　一秒钟也长如千年
但有时候　这一秒钟　它特别短
短到每时每刻都有惊天动地的事件发生

2023 年 10 月

何墩村：再一次

很少有事情不需要再一次处理
再次洒扫院落　再次打开大门引入阳光
左边的月季从五月次第开向冬季
而那些不知名的杂草　被绞杀多次之后
再一次奔向人间

这时你看看它们小小的芽尖　会真心叫一声可爱
再一次踩踏　蹂躏加上诅咒
都不会左右它们对待自我的态度
再一次拎着除草剂的手　就这么
有意识地停在　美好的阳光中

再一次挖开泥土　失败的种植在温度陡降之前
还来得及再进行一次
大的泥块坚守自己的坚强　等你再一次用锄头敲碎
再一次撒下种子　要做到落下的雨水那样均匀
你的土地　才会再一次长出不紧不慢
不密不稀的美

2023 年 11 月

何墩村：就这样让星星看着

就这样让星星看着很好　反复看着
持久地看着　远胜过不被任何事物注视
对于小人物　真正的关心只会来自天上
今天一天　悲悯在人间显得短缺
缓缓走在星光之下　别忘带上沉默的影子
和经过多次打压的腰

这片土地　只有一半时间能够见到星光
就像我　只有一半时间能够待在叫作何墩的
村庄　虽然从它的名字中你吸收不到一点滋养
另一半时间　命运将我卖到城市
所支付的交易费　到现在几乎不剩分毫　我

与你不同　今天下午
我的双手终于被一种势力掏空
就这样空着手　走在星光之下
灵魂也是空的　它不想被任何苦难再次充满
星光正如一场下意识的雪　将人间带往
冬天　冬天很好啊　至少
让被星光审视的我找回清澈

2023 年 11 月

何墩村：十二月一日日记

十二月一日　石榴树将自身的袍子撕到褴褛
三棵香樟极度孤傲　作为昨天的删节版
立于青菜和莴笋上方
住在后排的老人将身子挪到大坝坝顶
以八十岁高龄扛一段木头　不知道扛的是
必将走到那一步的自己　太阳在九点钟方向
停住不动　只有一部轿车无缘无故驶过
它惊人的叫喊　你可以视为不存在

某种力量为花园保住几只橘子　它已经
集中了整个村子的金黄　剥开它
肉里的酸痛一瓣紧挨一瓣
门前的石头凝固多年　百无一用之际
你知道其中藏着雄狮和麒麟
昨天的大风来得猛烈
这石头成为镇纸　压住整个村庄

往前倒推半小时　确实
有几个孩子　先后穿过我的眼睛和手掌
他们跑过的道路灰白　天空出现排骨云
以大雁作为领袖的候鸟　是逃离故土的象形字
少数元素总算红了　另一些元素在欲望深处
不打算模仿荷花　浮出表面然后坠入污泥

可有可无的是我　走得很慢　站得很深

也许还来得太早
在没有任何人重视今天的村子
我从地上捡起许多名字　它们的身子
始终在远方飘浮　要等一个特别的时刻
才掺在白雪中落进灰烬

2023 年 12 月

何墩村：大海昨晚来过我的村庄

到处流着氧气　露珠的身体具有
鱼卵的圆润　草到达顶端时变得更尖　更薄
正如从地心冲来的箭矢　我注意到
村庄的今天是波动的　人影被大门吐向屋外
接着又被吸回屋里　一阵风　又一阵风
升上去　再抓着枝叶落下　我的花瓣也在其中消解
阳光的透明度越来越深　如果
如果昨天晚上　大海还停在远处　我的村子
不会突然膨胀到大路的另一边

一连串的水被留在河道　又将余下的波涛
从稻田中收走　有些从海底传来的声响　它放在了
人的胸腔　这些沟渠和涵洞已经被充满　虽然
看上去它们一无所有　这些房子已经被冲洗
虽然摸上去还那么粗糙麻木　这些鸟
在夜色中替换了昨天的鸟
哪怕它们的羽毛　还是沾着村里的灰尘
当大海昨天夜里来过之后
村庄　后退为含着咸味的立方体

在睡梦中　不会有人梦见立体的
哪怕是平面的大海　太过疲累
太过遥远而坎坷　太多艰险的山坡
不可能将父亲一个不剩全都埋葬于村口
在严肃而冷峻的下半夜　不可能有一支鲜嫩的枪

与我灵魂正中丁点大的火花一起
与没见过海就在潮湿中短路的眼睛一起
被正在前来的大海托举到　海啸的高度

2023 年 12 月

何墩村：此刻

就是现在　雨水一心一意前来扑灭
每一棵蔬菜　早晨七点的雨浑身发凉
这个种类的凉　才是你心里的热

就在这里　我将大门关紧
让人影都等在屋子之外
每一条可能的缝隙　都会被悲喜填实

就这样做　将出去的我关回乡村
戴上安静的镣铐　将它与菜地连接
任越来越密的春雨　一层层啃完

2024 年 2 月

何墩村：白菜这个不会变暗的名字

我是那棵不需要关心的白菜
时光一直踩着我的身体向前
你也这样经过了我
只是那个时刻一旦来临
我就被连根拔起

如果我们尝一回泥土　不一定能吃出糖
但一定能吃出　先祖埋在里面的黄连
它的上方
就是我这棵泛着苦味的白菜

白雪又一次盖住我的全部　这样挺好
我是那棵不需要关心的白菜
我只需要被选中　被带走
只需要守住白菜这个不会变暗的名字

2024 年 2 月

何墩村：我与我的村庄

说我是它的骨头吧
我的村庄它不是一个人
说我是它的底座吧
我的村庄它不是一尊塑像
说我是它的叶脉吧
我的村庄它不是一株植物
最多，你可以说我
是它的一份收藏
沉重、古旧　守住了缄默
始终安放在村庄最深处
我未来的脸孔
如果会有一点光泽
那也是与村庄相处天长地久之后
在我姓氏表层形成的包浆

2024 年 3 月

第三辑

相反的煤

相反的煤

太大的雪太重
土地被迫后退　被松涛和风所逼
泥沙有过温度　多年以前
雪原上浮起　你的名字

太大的雪　等于白色的煤
一望　再望　无际
放弃低吼的脚掌　扔下燃烧的花
多年以前　信封　怀抱着一笔一画
在邮局的草绿中来回
太大的雪

太白　等于相反的煤
你的红色　并不鲜艳　并不热烈
相比你和我　四处扩张的青春
那场雪　让我以为
是天空布下的
灰烬的疑阵

2021 年 4 月

昨夜之月

昨夜　一定有大风
从山洞中老虎的嘴里出来
牙一样卷过乡下的床笫
月在天庭
面孔扎实而冷静
泛着人间没有的灰度

月光
一直同时虚无又实在
散发着无法求得的真理
难以捉摸
却笼罩万物

月光
晒黑村庄中每一座
形如乳房的屋顶
门　躲在墙上
故意留下可以窥视的缝隙
从世上最小的窗口
被风吹冷的两个人
一先一后
看见广阔的人间

看见昨夜之月
既不悲　也不喜

更不麻木

2021 年 9 月

我与早晨的喜鹊

散步　像在某个最好的地点一样
沿着湖活动两腿　和腿下端的脚尖
一只喜鹊盯着我
硬度和大小都与核桃一样的头
歪着　靠近另一只喜鹊
它的侧面　还有一只喜鹊
像支在草地中的
三张剪纸　透出旭日特有的温暖
和
剪纸高手故意留下的空白

喜鹊与喜鹊之间　有着某种
人眼无法看透的联系
紧密　只不过看上去松散
而我
在这个时刻　只能独自出门
仿佛与世间脱节　竟然成了
喜鹊低声同情的
另一张忘记留白的剪纸

休息一夜之后　风
从湖水里爬起来
摇动喜鹊的翅膀　三只喜鹊没有起飞
在我的影子里
它们跟着我　往前三十到四十步

大约一米距离
然后
才借着风力　升起
正如睡梦中
我隐约抓在手里的三只风筝

2021 年 9 月

秋　草

我一定是睡在一团烈火之上

因为一点也不冷
还能看见老远的天空
飘着风的影像

这草真黄
橘黄　柠檬黄　镉黄　含绿更少的黄
各种黄中的一种黄

接近某一种白
消灭了血迹的白？
秋草

火就生长在草的内心
此生
在秋草上躺得太久
就觉得烫

火老了　就要出发
奔出秋草　抱住秋草的腰肢
燃烧　舞蹈
拿着火柴的手
很小　柔软无骨
却握着残酷的

心思

我也可能睡在一堆纸的上面

和我离得好远　秋草
莫名其妙倒下　围成垛　面对雨雪
包括前来寄存的虫卵

在我的画作中
秋草　总是一堆
难以下咽
即使下咽也会毒死我的
颜料

2021 年 9 月

不在雨中的美人蕉

最近七天　一批又一批雨点
砸向蕉叶

但能砸穿蕉叶的
那一滴
始终没有到来

看见某一片蕉叶
保持沉默
其他所有叶子
包括卷在正中的
最小的一片
也都不说一个字
哪怕是一个偏旁
一个笔画

红的　或者黄的花朵
一直在颤抖

两只燕子
像是　斜撑的船
乌篷　双桨
从雨中飞来

飞到美人蕉上方

突然
停住
原因不明

其实最近七天
七个七天
没有雨

所有人家祖上的
亡魂
都藏在檐下
或者蕉叶的阴影中

同时假想着
一场雨　还有
能在雨里来来去去的
两只船

2021 年 10 月

在有秋雨的街头

独自　停留在秋雨中
我再次　想找回自己

雨线失去了风
天空中的蓝
一次又一次被扫除

此时　谁的手被捆住
谁就与他人离得更远

站在秋雨中
无法不想到你

远得不能再远的院落
每片树叶都被
一个名字中伸出的手
从树枝上撕去

一滴秋雨
让我们之间的水
更厚

十月或者十一月
有雨的正午
和子夜

有雨的内心　无边的潮湿
使走远的日历
顺着花朵死亡的路径
飘回

让我们之间的水
更加密不透光

石头躲进青色　跟随野兽
喘息着从山中出来
秋雨中　一点点破碎
剥落　蜕变成灰

街道两边　人影支离
如同　突然出现的
行动的鬼魅
车辆急切地奔向极限

我的头发收集着秋雨
稀疏　亲密　短暂
花一样蓬松　白一样虚无
恨一样难忘

它用针一样
又尖又细又硬的声线
呐喊出我的呐喊

2021 年 10 月

立　冬

1

11 月 7 日
12 点 27 分

一支军队裹在寒意中
从脚掌爬向膝盖

蚊子。苍蝇。
蟑螂们挂着小强的胸牌。
几朵桂花。

12 点 26 分
它们
都在饮酒
少数牙床
还触碰到诗歌

偏偏这回，北风
接到南来的圣旨：
迟到者，杀！
无赦！

2

湖水

一直在湖里
等待鱼

鱼尾扫过水面
15 点 27 分，风
扯着大楼
拖到湖面的影子
像扯着　一张
紧贴水面的锡箔

你的四周
是匆匆追来的山

山
在地平线上停住

秋色含着悲伤
被挡在城外

看来，还要再等
1001 年

3

暮色
唐代边塞和江南的暮色
同样催人登楼

每天都要越过
你的头顶

你的长发飞舞
星辰却无法看透

你的肤色　语感
被丰收烧煳的嗓音

你的肢体
18 点 28 分
在下雪前绽放

4

这一粒
是 21 点 29 分
时间
我已一粒一粒
加以清点

它决不停步
虽然，它被
一双眼睛折叠在
树枝上

一本书在灯光下
喘息。你
终于
从边缘
向中间溶解

5

就选定我眼前的午门
灯　被黑暗捏碎

梦因为太长
才会很冷

一个特别简明的名字
飘向地面

我是你衣袂下方的
尘世
一直跟着
你绣有荷花的鞋

鞋　停在床边
床　浮在天空正中
0 点
又过了 30 分钟
0 点半

半夜　冬天
真的
掉到地上

2021 年 11 月

去天外写生

想着天外　真的有天
云在高处宽恕了我
也将她软绵绵的心盖严
今日之后　便是明日
便任由三种油彩　打发出门
向后方走　向
任何方向走
脚后跟后面　跟着黑白灰
在天之外辗转多年的
黑　白　灰

从树林中随意蘸取一笔
背叛后的绿
画到布上　再蘸一笔
江水　水珠里已睡过午夜的阳光
滴向画布
直到这时才被映红面颊的　她
也刚刚忘掉　亲手葬进路基的桃枝
她家的院门　有时真实地开着
有人虚幻着进来
旋即头也不回　急急如律令
赶往远方

赶来　我就在她的视线上写生
只见我　命等得落叶萧萧的手指

绕过画架
从浓郁的肩头移开
擦　揉　沾
皆不如意　刮刀的肩上
果真挑着五色土
全力扫过　掉头　再扫
一阵风　拉住鸟的舌尖
跃上鸟背　飞进
画布的下一层

为此番秋天　我画出的马
懂得时序　钻研过飞行
借西来的暮色　它的灵魂
由一根姓崔的缰绳牵着
决意踩踏
蓝得唯我独尊
海水的长宽高

2021 年 11 月

数学老师在小店请客

年幼的竹子
正如水泊梁山之外的
半斤牛肉　被切成数学题
整齐　有着公式之美
鱼　名唤小河鱼
刺少　肉多　零脂肪
只剩半圆的眼睛　睁着
菜叶升到汤的表面　画出椭圆
青菜号称由老板娘
亲手种下　采摘
虽然一整天
她都在急需减肥的后堂
做菜

“嘶”——
又一道菜投入锅中
隔一层铁　菜拉住火舌
跳舞　老板娘
利落远超孙二娘
菜跳舞　白蒜正如舞鞋
红椒一如头巾
姜是黄的　像菜的耳朵
火仿佛着火的舞台

上菜　盛饭　酸奶的滋味

正是标准答案　多年不见的同学
在异乡　围住桌子的正方形
四份锅子　端出四个微缩景区
堆成圆锥　我们
在公路右侧小店
秋阳欠身照着几个姓名和学籍
结账　钱的分量
老板娘早已用小学算术算过

2021 年 12 月

人的八桩事

1. 剪指甲

空气送来暗号
——有东西等我
钻进我里面

不是指甲
还会是谁?
我家　铁比钱多
命两片出列
面面相觑成剪刀

剪指甲
莫非有第二者
心脏疼得
爆出哀叫
但愿哀叫的
并非
指甲的宿主

只是边角料
我的　边角料　爪尖
乡下的老美（品种：金毛）
最爱啃和闻

裁去花边的手和脚
今天
现出原形

2. 睡

你别说
睡
还真不容易

果子
最爱把树枝绷得发弯
不是做梦
是消磨
长大成人的时光

得叫停所闻所见
得麻木　痴呆　搞得
不像人样
靠墙竖个蜻蜓
倒空人欲

找个人合作
睡？
那是睡的反面

最玄幻的睡法
是
将自己的影子
一滴不剩地冲进阴沟

一头扎进
最黑的概念

3. 吃

这事就是填空
随身携带的胃
不就等于一批
合纵连横的括号吗

吃进汉字中的：
菜蔬，肉，水产品，坚果，波浪
等等，
等等等等！
空就填满了
作业本上对号连天

做完作业
交差去
交给谁呢
导师站在讲台腹腔
他的胃坚持着空

4. 洗牙

每天刷牙
水冲　细小的刷子磨
在口腔的朝廷造反
想着　牙刷
要是别人的舌尖……

要是别人的舌尖
右手就没必要扮成木工
来回拉锯

那不行！嚼过荤腥吧？
吻过另一些嘴吧？长期
与大蒜打交道吧？
骂过李四吧？

洗吧　比洗车的
高压泵
精致十二分
砂轮
小到纳米

现在你看
不光牙
不光嘴巴
你整个头部
都能让镜子发抖

另：
别再往死里抽了

5. 惦记

心这东西
真的下贱
非得
惦记点什么

非得与他我
以及自我拉扯
那才叫
一个入骨　经久

每天花在上面的时间
要是能
连成线
可以接通月的背面
兔子的耳朵

鱼惦记饵
饵也惦记过鱼
唯有钩弓着身形
子不语

这八两惦记
放进海尔的柜子
即成冰雪

6. 干活

既醒
惦记已毕
便该上工

着工装
理五脏七窍
从门里出去

下班后
不一定回归

有人就死于岗位
有救助数字
谁让你
死在前去的路上
一律删除

升迁　10 马赫的快
头会晕吗
腿，作废中

上面得有人
不是午夜那种上面有人
是有人又罩又吊

出工才能算做
干才能活
除非捏造一个意外

7. 望天

抽个空当
看天空　心拔地而起
像大师兄
被装订的著名筋斗

打进南天门
抢了蟠桃

将永生吃进肚里
免去炼丹之苦
不同于我
局限于此刻的
枯焦的一望

一直坍塌的蓝
一直未能坍塌完毕
反而
像更猛的崛起

有没有白云
不关彼此
不关阴阳
不关主次　悲喜　高低

仅关乎
普天下
枯焦的一望

8. 喝

酒和血
都在寻找伤口

酒进血出
对象都是我

都说
人的七成是液体

一切都是
喝出来的
母乳　河水　五粮的精液
夜露与春色

我是上下文
停在酒与水之间
一条站在影子里的
渡轮

吸收液体越多
身材越庞大
距离翻船
越近

畅饮冷火
又得由热茶
浇灭
胸腔一明一暗
找准创口冒烟
只是被喝入洞穴的蝙蝠
它们不去看见

2021 年 12 月

雁有着五个冷角度

1. 记雁

印象中有一只雁
飞得只剩下
一对翅膀

印象中有一队雁
飞得
只留下一丝叫声

村庄精明着
安卧河边
不听　不看　不说

黄昏时的空气　让时光
感觉不到空气

举头看雁
看不见它的表情

它的脸一定
又窄又小　不再像一朵
被人挽留的花

它的身子

太大　太灰
太立方体

它的队伍太横　太铺张
总是向季节叫板　太动感

它们都装有
不需要润滑的引擎

都以两只拒绝劝阻的翅膀
拍打我的脸

它太执着　所以太沉重
它有一个
太容易发热的头脑

从村里回到城里
我将伤痛写入电脑

让它在硬盘里结籽
在程序中梦见飞行

我从云头揭下它的影像
贴到单元门上

它把我的眼神勒入肩膀
它还要纠正

地理课本上的

每一处错误

2. 看雁

不论你如何搜索枯肠
月光什么也不是
月光就是月光

月光照着
秋天的夜晚　目前还没有什么
生长出诗意

走出院门　坐上石头台阶
云　是每晚出现的暗云
一直被月光洗着

天空又一次遭到修改
飞来一列影子

浸在月光里
我无法浮起　也无法下沉

我不可能随月光流往异国

雁飞得很高
越来越高

仿佛她们
刚从不远的芦苇丛动身
撞向天空

她们懂得我　和每位
吃着梦境的人

谁这时还身在俗世
谁就难得安宁

谁这时将灵魂
从个人账户转出
谁就能坐上雁的背部

就能变得大象无形
只飞给自己和我看

可是世间的眼睛
看不见昼夜的虚实

3. 说雁

我该向你说一说
雁

不是庄园主用自白
养殖的雁

也不是被一封信追求的雁
不是被一张椅子抛弃的雁

我和你说一说
雁

是那些有意色调冷灰
声音故意嘶哑的雁

不是每个季节
都要奔到天上直播飞翔的

不是饿了就一窝蜂抢食的
不是有点意见就到电线上选边站争吵的

我说的是　雁

仓颉见过它之后
非要把它写成两个身披羽毛的人

上面是一片天空　拖着
很长的影子　雁

你可以把那一笔
看成从地上站起的绳索

也可以看成
它身后的一缕轻烟

不是能用笼子关着的
也不是能逮住红烧的

不是凤凰　雁
没有在火里涅槃的计划

它只想做一只雁
只想做好　一只雁

它偶尔飞行
一边飞　一边

与刚刚离弦的箭矢
玩儿童才玩的游戏

在闭眼之后
它才会飞进你的视野

在我有限的言说中
它始终抓着你的视角

4. 听雁

将耳朵竖到乡间
就为听雁的声音

听雁合唱进行曲
听某只雁叫着我的名字

就像纤夫号子
沿白云的河流前往

细长的声道随时可能
被阴影下的人
卡在两指之间

以我的眼神绕过城市
穿越高度　扑向田野

人停在乡间
只为轻抚雁的嗓音

有时尖锐　有时沉闷
有时流着液态的体温

温柔的生硬
漫长的短暂

灰暗的亮色
下降的爬升

对一个地址
没日没夜诉说

对一缕和风
又痴又醉地废话

长句与短句
都交给雁　不合语法地读出

听雁　毕生听雁
听到灵肉瘫软

听到雪山

在乡间收缩为泪珠
再由雁的叫声剖开

5. 读雁

读雁　你要做的
是把天空一册册翻开

要从宋人的风景中
读它与群山相顾千年的眼神

读它
滴在沿途水上的面容

读它夕阳里炖出的
血的香味

读雁
先读它丢弃在水边的肉体

再读它
竖在天涯的靶心

最后默诵
它始终抓在爪尖的
三魂七魄

2021 年 12 月

致没有到来的雪

一棵树和一只鸟停住　并列
站在屋后的草丛里
如不再晃动的风向
多年之前　红泥已经提取出火炉
直径约等于冬夜的灯笼
圆嘴张开固执　夜光杯
作为长久的意志
被时间消耗得
空洞无物　不远处
瘦弱的风省略号般哼唱
牧羊犬活在疑心病下
像某条期待退出的船
趴在院子角落
它流出的口水
形同失控的辞藻　慢慢走向冰

去年的火苗
烧过一封邀请信
去年的去年也有一封
每一年的此时　都有一些字
在爱的唆使下　舍身扑向信纸
东汉年间　有人故意留下热蜡
上前一步封住咽喉　再由火舌
从上至下一次性舔过
雪花般飞落的灰

又白皙　又轻薄

所以真的雪
可能也被这样烧死
如果雪
在信封里挺过这一段
就会神经质地
把酒杯的洞窟填实
两张很少碰在一起的人脸
必能恍惚成　同一张脸
所有立于屋外的影子
在雪的前奏中　推开虚掩的门
挤进屋里

翻过身来　发现我
正走在梦的湖水上
像一颗被离别惊醒的
鸟的心

那一夜正逢冬至
我醒着
告诉彼岸的日子
雪今年不会
来找我横放在人世的身子

2021 年 12 月

柴　堆

母亲抱着木柴　这些
都是从土地上收来的骸骨
烈火是知道的　柴堆更早知道
进入炉膛之后　连一个发绿的名字
都不会留下　也不会上升成
永远都在的温暖

夜偶尔沸腾　星光被蒸煮得
发出酸痛　我是你身边的儿童
我是柴堆里睡着的小狗
每年都要面对
十二月的漫天大雪　饥饿
像火焰对面的影子　无法从身上撕下
除非剥了我的皮

那么，母亲和臂弯里的木柴
如何活到明天早晨？
天是灰的　一直灰　烟是白的
永远白　而我无法点燃
我受过潮　数不清霉斑的暗绿
都说　那是腐朽的序言
是抱在胸前　漏光了泉水的陶罐

2022 年 1 月

第三个秋天

风一心搬运寒意　门前的阳光有所收缩
从南边前来的一种力量　要将我
从某个上午取出

小路隐隐约约
串起每家的房子
低矮　破败　拥挤着
柴火　灯火　农具和同胞兄弟
贫穷是全村共同的脸
秋草既恍惚　又清晰

因为我的小　桑树都很高大
它的叶子本来是丰盈的
但已随着春天　摘给了
白色的蚕　现在我还记得
叶片上的孔洞　能穿过一场悲欢

我本属于堂屋里
那堆稻草　那是秋季的游乐场
我被它们簇拥　无意识地
穿过坟地　奔向两粒
等在乡村小店的硬糖

我的第三个秋天
有过一口伪装而成的甜

和一声清脆的破裂之声
我被一种力量从老家取出　带走
像一颗被操纵的螺丝
没有自己的意志

山还堆积在屋子后方　所有石头
都没有站出来说话
也许　母亲在石头内部
提前封存了
为儿子准备的泪水

那时我不懂得来和去
因为我
刚刚到达第三个秋天
我与“离别”的每个笔画
都相隔太远

2022 年 3 月

荷花志

每一度回想
被风凌乱着吹灭　那张面孔
始终浮在天空　覆盖我的泥沼与根系

温热的　安静的你
而我一直被冷冻　约等于早年死在他乡

在我停跳的心脏上　你
一番番舞动着路过　当你

走来　世界陷入静默
鱼群落下　水里漂过雪片

踮着脚　我看见每一个你
都努力挣脱水面的牵扯与围攻

上海也罢　厦门也罢　南京也罢
都经不起整理
也不在明天的采摘之外

数数菩萨的座位　结着籽　在甜之中
预埋着苦　此时
叶已衰弱　花已关闭

你的河流

正要见底　可以施予的万重慈悲
在天庭凝结

这样的花必定开在水上　才能每天
面对自己的倒影惊叹　顺着
时光相反的方向　如果

此时的灵魂是一片湖泊　你已
被埋入最深的深处　不留记号
只有一种愿望能循着芬芳　随时
将你找到

2022 年 4 月

一只鸟不合时宜

钻进一只鸟的大脑　会不会真的知晓
它的思路　没有什么是肯定的　也没有什么
一定是否定的

唯有不定才有磁力和魔性　定　就像它
每一天可以鸣叫　也可以放下鸣叫
你等待的　常常走向相反的结果

春天时刻带着伤心的颜色　纵然万花怒放
春天时刻将人引回故乡　纵使远方太远

它将声音留在天空　它像青春在屋顶一掠而过
昨天南风未起　但没有什么力量
能将它的样子留在河面

从一只鸟的大脑出来　迎面碰见一汪春水
啊　那种绿　还是一种让人悲戚的绿

2022 年 5 月

抓破生死

从每片花瓣上
都能提取风的颜色　而雨水
痴想着洗净一切　日夜不停
七年之后归入大海
在海岸线一截截收紧的无奈中变蓝

就算我为小虫　我
也为花朵而活　翻越叶片
胜于翻过群山
每昼每夜向芬芳出发
往甜蜜而去
纵使我为虚无
也罩在花朵上空　花朵左右
渗入夜露　融于春风犹如
融进月光　纵使
与花朵阴阳相隔
我也梦想
抓破生死　打通阴阳

某处生来遥不能及
命定是远方之最
太遥远　太玄虚　太欲仙欲死
花朵的热量
正被每个六月夺走
我立于人间　坐在心房

每日里不知所措

2022 年 5 月

我不断修改自己

我不断修改自己
在这片荒芜的人世
在这块失血的泥土之上
每日每夜
风都吹向南边
这是寒冷的气流　结霜的山峦肃立
摹写着冻僵的勇士
灯。只亮在彼岸　火焰弱小
如同刚刚问世的婴儿
每天濒临夭折的命运
你能看见明天的影子还是身子？
你能听见哪怕真实过一次的哭喊？

我不断修改自己
为了在没有尽头的行走中
不被强大的机器扑灭
在所有地点
我都关在别人捏造的梦境里
我已把所有的我
修改到面目全非
甚至母亲也无法认出
经历过刀削斧劈　火烧雷击
我变得和你
和冰雪下所有人完全相同
我已从我的肉身里修改出

一副拆毁翅膀的
鸟的遗骨

2022 年 6 月

我的伙伴是你也是浓黑的子时

我不要死而复生　某个日子
我白得呆滞　红得流血
你的手指向苍天　身子投入河流
漩涡卷起你如同卷起婴儿
在人间你只能再度夭折

更高的颂词　更彻底的痛楚
那特定的花朵
腹腔里涌动过唯美的空气
悬在头顶的　并不是剑
而是收拢翅膀的雪
你死过很多轮　我只活过一回

歌赋烙进了呐喊　是致明天的信札
神兽皆出　也不能夺回地址
你低沉的心头装载着
硝烟与污泥　嗞嗞作响的焦虑
青草从未布满草原
河流一直劈砍山脉
我懂得沧桑　认得悲苦　识得兴亡
我的伙伴是你　也是浓黑的子时

星辉遥远　纵使你已
抵达今夏　割开苍茫
这泪水依然不可称量　不可计算

这大地再也无人加热
所有道路都走过你的影像
墓地渐渐覆盖地图
灵魂比深冬更加凋敝
零星地在上空盘旋

2022 年 6 月

行走。不，不行走

想从每天的行走中找出意义
想路上的砖石站起身来　直立着面对控方
街树从乡下绑入城郭　囚在此地
左右手　反铐于众生之上
烈日被挡住　想在穷究行走中延伸的逻辑
因何而走　我向何方而走　走至何时

谁与我相同　外表酷肖　内心一致
身子既比五湖枯水时空洞　又比
九州沦陷时沉重　黑暗去了又来
在夜晚统一世界　我想找到
针孔大的光明　想从中淘洗出金沙
放大成赞美

我想不因任何因素行走
不朝某个方向　不必一定走到停止之时
我想反问行走的立论　我必须反驳
行李　驿站　目的地　抵达的高呼
我找不到每天行走的意义
多年来我都想与行走为敌
与行走摆开战场　我想搜罗
天底下克制对手的每条策论和兵法

2022 年 6 月

深水与热火

要么，你处于深水之中　要么
你由烈火炙烤。你存在
所以你苦痛　你合理　你松开策略

心灵进入枯黄。你让头颅站在门外
东风强大　反复劫掠鸟鸣和月色。
曾经是绿的　铺满清晨　你把
心跳放进正午，你对时间说：
我不恐惧。我

还有未来　长度超过两条河流之和
我怀里揣着梦。我付出所有　是
土地的长子。从前面看过来
我是走向前面的力量。

所以你失去。你合理
你存在　你要么被烈火焚烧
要么落入深水之手。

2022 年 6 月

爱大海和它的风

爱大海　又没有被它留住
我要走得很远　才有真实的想念
它的皮肤不会与人类相同　蓝色
有时黑色　当它沉默
它紧绷着　浪涛的语词不足以表达
对世象的控诉　关于真理
它始终低吼：无法伪造

它有自己的形制　陆地
无力把控它心灵的元素　西风起自东岸
墓园在风眼从未放弃摇晃　你
看见鸥鸟的低飞　因为已经飞到故乡
你看见的　是即将被吹散的羽衣
在我眼底　它们是浪尖上的音符
是心灵遭到流放的愿望

我的形骸重要吗　沉重抑或轻盈
只与大海的引力相关　所有可以描述和言说的
都带上了海的咸苦　重量　海的深度
爱大海　爱海上的风　结局就是被它扯碎
像没有吐出的鱼　鲠在当代最深处

2022 年 6 月

六　月

六月。风永恒地整理着云朵。
我驾车碾碎三十个日子。

最后一天。我想将车开进白云。
天空的蓝经久不衰，比大地干净，

比我的现实高尚。
六月。我被火焰捕捉二十九次。

我愿道路通向天空。
我愿驾车驶入白云。

仍然是他人的六月。
风，扫清群星对大地的怜悯。

七月将至。九个太阳再度并列。
万物隐去。人间因极度明亮而转暗。

2022 年 7 月

简　史

在痛苦的幸福之下　在肮脏的洁白之中
极少的多和无限多的少　构成你我生活
日子以最慢的速度转瞬即逝
时光一旦像权力般分配
就流出悲伤的欢呼和坚硬的泪水
这些细小的巨大　这种漆黑的光明
让作为火山的人
先无法隐忍　后不能爆发

你　以及你心头的我
要么以死的形式活着　要么
以活的形态死着
爱率先沦陷于仇恨　忠诚最终变形为背叛
在冰点以下　是否存在达到沸点的呼喊?
软弱　正走向坚强的顶峰
高尚　被焊接到堕落的界碑
使你我的黎明　只剩下稀有的一秒
我的手掌　已由残存转为破碎
而夜　比最长还长　比最浓更浓

2022 年 7 月

七月志

我不能唤醒身体里的狂风
不能让河水在常温下回到坚固
炎热是所有倾向的总和
此时面对的
不是真正的盛宴

在河流之滨
我看河流移动
等自己的剪影
缩小到低沉的山　用来经受
一部分苦难
它有限的呼救传向往昔
我不能让波浪推倒号叫

所有等待
仅仅限于等待
世界
严谨得无法撬动
我不能让狂风在身体里苏醒
让它沉睡
直到天空后撤
直到马群奔腾
用铁蹄将我敲回疼痛

2022 年 7 月

一个孩子在办公室大叫

现在才知道　这个孩子
其实是我的替身　他喊出我想喊的
叫出我要叫的　声音穿透规则和戒律
他是痛苦的疤痕　是通往自由的小径
他的身体里累积着坚硬的石块和膨胀的湖泊
在这密封已久的堡垒内部
他今天像一把剑　将紧闭的耳朵撬开
压在胸前的碑座　被这叫喊震出裂纹
下一步就是粉碎　下一步就是所有人
英勇地喊出心底的欲望
我现在就该承认　我是这个孩子的反面
我用驯良掩盖软弱　以沉默替换言说
那用来宣示的声浪　早已被我埋进血肉
成为身体的主要成分　面对身处其中的
经度和纬度　我
是如此别无良策　竟然不能作为一个孩子
找回大叫一场的骨气

2022 年 8 月

太平湖之夜

当山处于水边　湖更接近水的本质
深度和广度愈发难以推算　在表层通透的肤质之下
肌肉继续趋向柔软　温暖回归无与伦比
即使是碎屑　都怀有月光的亮度和鲜度　落叶不断
来自远方　由风捎来秋天的深呼吸　当山
渐渐投向湖　湖更接近水的原形　它的一半成为静默的隐士
鱼群才能游上坡地　与岩石相吻
到了八月　月光的脚步声慢如未来
不同于炎夏去得极端猛烈和决绝　我置身甲板　如同置身
铺着露珠的天堂台阶　离人间远　离非人间近　一种声音
以逃脱声音的方式传到　只有独特的眼睛看见
波浪上它的鞋印　不远处　楼房中部分灯火次第点亮
部分连续熄灭　部分灯火忽明忽暗　如同更远地界漫长的抽泣
名字陷入水底几乎等于摩崖石刻　我正想着
能否看一眼湖背面与正面的反差　正想着湖水
的所有来路和去向　把湖水切成薄片和长条　用来煎、炸、烤
发掘它可能藏在内心的绵绵秘诀　在夜里　我只想
像父亲当年面对稻草那样　一根根抽出满湖清水
搓成绳索　捆扎苍茫世事和早已挣脱的你

天真　是我依旧无法纠正的沉疴　即使周围
布满太平湖的浪涛　我仍在想如何用水来砌一圈墙壁
在湖水里掘一口深井　用吊桶汲出更好的水　点燃
一捧水　去煮沸另一捧水　就像一些人煎熬另一些人
用一滴水去吸引另一滴水　就像让一些人紧抓另一些人

某些水应该坚硬　作为其他湖水的脊椎　某些水可以返回楚国
迎接对岸惊天动地的一跳　和沙洲上等待失约恋人的痴汉
取一些水修筑大路　将它们分朝代送往命定的下一站　少量的水
做成药物　治疗枯死之病　大量的水可以
运向眼眶　因为太多悲伤　只有启用眼泪才能淹没
泪水只是湖水的另一个称谓　今天晚上　太平湖是复杂的
是天下各种水的集合　在我面前　甚至是水类的总和
它是鱼恣意飞舞的天空　软的标杆　同时成为自由的巨大囚牢
自古以来高高在上的月亮　终于将面孔紧贴湖面
奔向月光的衣袂　为雪花探路的桂花　西西弗斯式砍树的双手
唯一的兔子啃食仙草　莫非门窗　已在湖水某处
朝你打开　将你引向我的甲板　我注视湖水
就是同时放弃绝望和期待　总有一日
水会从山的石桶中泼向外界　蕾丝花边连续拐弯之间
不会触碰别的意念　那时节　再找不到一只刨子
能够顺着水面　推出一丝含着笑意的卷曲刨花

2022 年 9 月

秋天梦见钓鱼

时常是空着身子去　又空着手回来
妻子的心与锅里的上海青同步变焦
她不知道该不该走出来　看我忙碌的结果
梦见钓鱼是一回事　钓鱼是另一回事
正如被梦见的我　忽然是另一个灵魂
河流不知道为谁长时间平躺于山脚
河道对一些人太宽阔　对另一些人太逼仄
清风找到通往月光的窗口期
最好的季节　曾经在河堤上灵光一现　我
幻想在半夜问清鱼的快乐　但我没成为鱼
没成为妻子和朋友的鱼　世界上有什么饵料
能解决一切缺鱼的午餐吗　能够在睡着时
还能摆平鱼扑向水底的影子——这样的人
难以在河边活到今夕　也很难
活在哲学家开除哲学后的河流里

2022 年 9 月

零下五摄氏度至零下七摄氏度的冬夜

我们想一想冬夜　零下五摄氏度时分
该读什么样的书　哲学的玄思让人开裂
屋子外面　冰凌绷得发出声音
我们想一想冬夜　屋子顶部曾经漏下
成群结队的白雪　这时　该向谁诉说
生活的艰难　显示在冬夜的痛苦其实
还不算是痛苦　该读什么样的书
艺术的高唱会让人发疯　数学的哑语让人悲从中来
从文学中　我看不见尚未临近的岁月　冬夜
连时间都情绪低落　田野里指向未来的梦
全部蜷缩在一个土块里　气温到达零下七摄氏度
这种空洞的寒冷　正如我的童年　那时节
从很远的地方　就能看出村庄飘着死亡的微光
城市处在地平线以下　天空即将压塌房屋
几颗星星深深地钉在上面　不知道为了谁
它垂下四条无形的绳索　整个世界
正合围成一个巨大的棺木

2022 年 12 月

前　世

树作为朽木的前世　一直成长却
不知道为着腐朽成长
花朵找到春天　捧着花粉和浆汁　要为蜂蜜
创造被人消费的前世　一条鱼头脑发昏
离开海洋　逆流而上
它升格为石头的前世　那些野牛和篝火　被
削尖的石片刻上悬崖　成为
草根艺术的前世

这细碎而又苍茫的时间　这绝对状态下才分外沉重的
分分秒秒　高呼唯有此时　才是握在手里的真实
你终生猜想我经不住也不值得猜想的前世　而我
作为尘土和风的前世　我需要
清晰地知道　在一个叫作乡村的坐标上
在一个叫作当代的时段
我们到底与哪些事物形成过逃不出的闭环

2023 年 10 月

村里的送灵队伍

村里的死者如果都排上队　统计学说
比活着的人排出的队伍更长　色调也更加深沉
这么多灵魂垒成了墙　坚决地围住村庄的影子
村庄的胃和头脑　不话说才是应有的状态　语法学说
沉默的力量有时大于言说　静大于动　很像历史学说的
死大于生　在存亡关头　短往往大于长

你是多年前死者中的一个　而我早已是
未来的死者之一　都活过　都挤在村口等某个人
带着一丝热气回家　铁是冷的　除非放在火上烧到红肿
物理学说　你是导电的　如果你摸到电流
在生死之间极为短促的地带　你的脚甚至来不及迈回过去
没事时　我在村前等着　不知道等谁
为什么等　等到何时　不知道有谁曾经被我等到手中

实际上队伍是看不见的　虽然生者为死者举起瘦弱的火苗
偶尔还唱着灵歌　轻声说着怀念　但夜在这个日子不可能
轻易被火焰烧穿　鞋子在生前一直沾着水和泥　掺杂着泪
此刻指向迷茫　回到早年
大家谈论过风水　辩论生者和死者
该在的位置　一棵树不能正朝向大门　右边决不能高于左边
被劳动累弯的腰带　要放到地上　变成门前的小河
有地理学家站出来说　大海
才是每一种水的归宿　要是有声音建议让我说
我就说　我们头脑里的大地最深处　才是一切队伍

包括沿赤道排队、渴望向未知之处渗透的大海的归宿

2023 年 10 月

住院十二天

自己觉得趋向于死　又最大限度地
向生返回　第一天办理手续　类似
向地狱缴费报名　第二天被查来查去
在完全封闭的室内　任机器将自己一寸寸解开
然后是第三天　等待　和别人比赛着心神不定
第四天麻醉发挥作用　所以　被切了几刀你不知道
流了几毫升血你不知道　你只是后来在医院外想起
一定还缝了几针　修补刚刚切开的伤口　以免从那里
将来冒出反抗的种子　第五天你是糊涂的　第六天
糊涂渐渐知趣地退下　看清了窗外的云彩
它的前景是鸟儿用双手紧抓树枝　清瘦　曲折　毫不犹豫
坐在能够升降的床上不难体会到　某种中长期的负担
被卸下　风险被摘除　体重下降了灵魂才有的数十克重量
此时你更想摸清
自己一直深藏着的罪恶和苦难　有没有被雪亮的刀和剪
发现并以神圣的态度　清理得毫无保留
第七天第八天至第十二天　换药　打点滴　从第一天之前的
将病情放大转变为　将病情缩小　直至获得数据的高度确认
第十三天带着不可磨灭的利刃足迹　和对残酷与血腥的
必然谢意　被删改过的我
回到一直等在乡下　对我始终抱有难以置信的信心的家

2023 年 10 月

隐于野

对于你是最好的　最好的一天里
被删除于　某些册页　某种仪式和
某类众生向往的高　最茂密的林子适合
遮蔽行踪　最清澈的水流　才是流往
幸福的道路　就将这道路
用于泡茶　烧水　泡劳累了三十年的脚掌和胫骨
清洗被敲打过的脸皮和尊严
对于你是最好的　变为荒草下的一条蛇　宁愿
断视线　失体力　也要将朝服褪下　将束缚挂在
一钱不值的晾衣竿上　待其晒干
用来充当　将茶桌擦出包浆的抹布

对于你是最好的　日子变得屈指可数
在看得见的未来　不去解没有答案的试题
连中三元　将姓名彪炳于金榜之上　那是
父亲们从自己出发的游戏　脱下靴子携带的沉重
你不用再度出门　你爱的一切　都在小屋四周
妻与子　都在左近　现在你不必照顾世界
只需照看锈迹斑斑的魂魄
我古老的先生说　吾永不贡商　吾不食周粟
吾更爱真理　吾只忠于
那棵你愿抱之而死的大树

朝堂辉煌　市井繁华　皆不足以充满深远的心
最好进山　涉水　入林　你隐于野

才会落进松竹梅喜爱的寒冷　在全天候向阳的南山坡
请没有双足却能横跨万里的清风　狠狠推你一把
那才是最好的　推你跌倒　陷入神仙设下的圈套

此时　对面的人世　最好以一柄光芒四射的尖刀
将你的痕迹从甲骨表面　耐着性子一点点刮去

2023 年 12 月

我，只能被画画

时光可以剖开　但不能被斩断
天空可以收拢　但不能被粉碎
死亡可以推远　但不能被埋葬
幸福可以下雪　但不能被凝固
我　可以画画　某物控制手
我只能被画画

2024 年 1 月

纸做的世界

有一种天空存在于想象之中
或者想象之外
有一种人在地下奔跑
将纸写的寻物启事
贴向莫须有的梧桐树干
他寻找　生前的资产
将他带向死亡的　被夺走的力量
有一段声音被采录
在另一些人的记忆里　或者
在记忆之外
充满劳动的号子　问候声　告别声
乌鸦深夜的叫喊和劝诫
有一种人在地下抽泣
这抽泣引发泪水　浸湿每一个三月或者
四月的土地　直到炎夏
用它的烈火烤干
一匹马　有时是骆驼
有时是象或者老虎
它们驮着他　向黑暗走去
永远没有任何海洋
比这黑暗更深
比这黑暗更寂静

一个人在月光下站着
将纸折过来　又折过去

他的手在动　眼睛却望向天空
今夜天空的大碗装满白云
人形或者非人形的云
白花或者白布般的云
还有能吃完岁月的　牙齿般的云
一些排骨形的云被风撕碎
他将纸折过来又折过去　简易的棚子
将它与人世隔开　他觉得自己
在一条漆黑的河上站着　劳动

这是他的才华
用纸扎成马、骆驼、大象
旗帜是黄的或者绿的　上面写着
致另一个世界的文字
只有哀求　没有命令
因为生者的本质
是无力地面对死亡
呼吸已经断开
肉体已经归还
他扎了房屋
在南墙装上用来观看风景的窗户
和便于灵魂进出的门
几口锅安装在灶台　电视机
放在手掌大的客厅　阳台上
有一盆彩色的花
风再次到来　验证花瓣是可以飘动的彩带
但没有白的血
也没有红的和蓝的血

面目狰狞的队伍　站在高跷上
古代的剑　握在纸手里
纸的脸红着
纸的身子注定于人间掏空
这是引路人　是力士
又类似于从前的书童
最近他将纸折来折去　心想
每一个死者
死后应该享有迟到的幸福
要给他仆从　要给他妾
也要给小姐糊一个健壮的长工
承担粗活　重活　脏活
房屋里的操作间　匠人在整理工具
他要去为婆婆打理花园和菜地
维修水电和屋顶
得有一支枪塞在枕头底下
既然这个世界不太平
另一个世界也不会太平
如果天堂里失去公道
他有权拔枪　瞄准　射击
最多被发配回人间
吃两遍苦　受二茬罪

书卷和文房四宝在他的手下缓缓成形
这是下半夜
读书人总是在子夜动身
去往心中的远方
制作书册的材料　同样是纸
纸　在露水中回到自己的本质

他将纸折过去　又折过来
他均匀地刷着胶水
心思回到私塾或者课堂
一把戒尺落向后脑　这决定了他的一生
决定他在彩纸上挣扎
将他从未得到的全部扎出来
在此　他制作书房里的一切
用纸做成灯却不点火
用纸做成砚台但不盛墨
用纸做成笔空悬于案头
古琴是雅士的最爱　但纸做不成紧绷的弦
锺子期死于数代之前
再多的乐声已成枉然

一把火在等待这个世界
将吞没他做的一切
金色的元宝　深黑的家具
巍峨得过分的楼宇
甚至通往后门的道路
甚至路过前门的家禽
他还在想什么?
这瘦如竹签的扎纸者　规划者
怀着无穷的温暖心愿
在初冬的夜晚
他恨自己做不出河水
做不出氧气　做不出时间
做不出看上去虚空但是重要的东西
比如谁也没有见过的天堂　人人都说的地狱
比如正在退却的月光和终要升起的太阳

他试过制作出年轮　语言
试过制作哲理　试过制作法律
他试过制成欢笑　试过制出逃亡
那些萤火　那些春天的芬芳
那些甜味　那些疼痛　悔恨
那些地平线上的问天
那些无情　那些悲伤
那些疲惫　求索和沉沦

他将两个纸人放在一起　但他
造不出爱
枪瞄准左右
却没有向仇恨射击　一杯茶水
虽然已被时光浸染
只是他看不出它所隐喻的深渊
他能折出候鸟的翅膀
但折不出它们的方向
折不出飞翔　思想　等式
每年清明　他折不出坟墓
折不出悼词和祈祷
折不出停止呼吸的昨天　复活的明朝
他折不出痴
折不出曾经殉葬的剩山图

他将纸折过去
再折过来
他最不可能折出的
是火舌和戏弄火舌的风
一个时辰之后

它们就要抢上一步　将一切夺走
它们
是天地间将这些全都掳往他国的强盗

2024 年 1 月

在父亲灵位前陪父亲抽一支香烟

还是夜晚　沉默
正如多年前的很多夜晚
是深深的寂静
正是你离去后造成的寂静
是一个人　和写在灵位上你的名字
是空无　你移交给母亲的空无

现在子时
在不可阻挡的明天到来之时
我点燃香烟　要陪你片刻
我无法将更多的东西献给你
不能给你谥号　不能给你尊荣
我只能给你时有时无的思念
和这一圈燃烧的火

就几分钟
就我　和你慢慢变淡的名字
在这冬夜的罩染下
在这屋顶寒冷的星辉下
在这越发倾斜的世道中

以一支越来越短的香烟
搭成我们偶尔联系的纸桥
就几分钟　就你和我

就一支香烟的有害或者有益

2024 年 3 月

第四辑

你蓝或者紫

致青岛

想象着
北宋中段
千年之前
我乘坐一驾马车
三匹汗血宝马　一路向北
万水千山　都在小小的木窗之外
缓缓闪回
平原宁静　舒展　收敛
只为
到达青岛的时刻
听见
一位美女的
轻声惊叫

海鸥舞蹈着
风向下俯冲　一次　又一次
浪涛从海市蜃楼驭风而来
扑向弯曲的岸线　再回到海中
三匹宝马　系于松树之下
凡有井水饮处
皆能吟唱柳永的词赋

想象着
百年之前
青天白日绣成的旗帜

飘拂在酱红的屋脊
战乱频发　盗匪横死于山林底层
我在比海螺还小的邮局
向青岛
拍发短促的电报
只为让她知晓
我无始无终的
相思

第一位与我同来的人
已经身败名裂
第二位与我同来的
已是活着的永诀
现在
我第三次来
又不得不　再一次离开

这些屋顶起承转合
它的深红　酱紫　蓝灰
将人间的温度献给天空
这些道路
千军万马　千万次踩踏
我偏偏还能看见　你的脚印

无数游子　在此留下欢娱
或者比我　更加黯然销魂
一个又一个身影
消解于　粘满贝壳的
礁石后方

我会给你写信　青岛
我要告诉你　我决不离开
因为七只海星　一直悬于空中
我要从我的前世　从宋朝出发
把你的身子和影子　画在水墨之中
把你的风声涛声　嵌入词牌之下
给你写信　用我的体温和梦呓
为你造句　青岛
我要给你打电话　给你我最好的表情
我要低着头　向你的腮畔低语
我要投入你的怀抱
看着你的刘海　你的眼珠　你的唇线
我要对着你的胸腔
告诉你
从北宋　直到今天午后
我对你的
深情

似乎死去的

铸造一串词和一首诗
印在似乎已经死去的　你的脸颊
穿过被白云阴影反复折磨的
海洋　我看见
你褪下的　早年紧紧抓住的裙装　依然
汹涌出黑色
在浪谷中升起　由鸥鸟的惊叫撕碎

遥远的夜　曾经的日子　在夜的底层
一团火焰　来自猛烈的电流
从某种金色的食物中　煎熬出泪珠
门外　白雪播种着银光
一个男人　他在门框上的投影
如今是已经钱一样花光的疼痛

那失去的　就是存在的
那海洋　和它所有的方向
已被似乎死去的你
从我和他人的哭泣中　夺走

2021 年 5 月

比玉石更加清澈的早晨

月季盛开之际
人反而陷入麻木
恰好是落下的花
让我写出你

在文字砌成的季节
你曾光一样穿过海
水面不再沸腾　因为岁月
败于狂风的撕扯

现在的月季
又回到枝条的小巷
顺着月季关闭的声线
我越走越近
这是比玉石更加清澈的早晨

2021 年 5 月

灰色，总是灰色的

没人懂得为什么
总是灰色的　细长的
在风中一定会颤抖的

移动或者静止在床上的
在自行车上向前或者右拐的
灰色　总是灰色的

阳光照不透如此沉重的大地
都知道花开了　野外全是新生
只是你一直在灰色的未来之下

我听到那声抽泣
从井底直到山尖　灰色的
总是灰色的　一声抽泣是灰色的

苦难就不能有自己的光辉吗
孤独就不能有自我的声响吗
也许不
只是灰色　只能总是灰色的

灰色　总是灰色的
从围墙下经过　转向某条
以英文命名的巷子
顶在头顶的　一边装着五个手指的

关上屋里的门和窗
最后看了这个世界一眼的
拄着拐杖向右拐的

灰色的　仍然是一致的灰色

2021 年 5 月

往事：炖板栗

一把劈开大别山的斧头
也劈下这两个板栗
和它们浑身的刺　它们的壳

一柄长剑　划过风雪
将板栗挑于剑尖
从金寨县送到城市　金寨路边

一直黑着的黑夜
我们炖板栗
别人的生活　全被反锁在
一扇门的外围

也许这板栗
果真能炖出一缕芬芳
让深冬
惊出一身冷汗

在八个平方米的屋子中央
我们各怀心事　炖
可能完全相克的
两个板栗

两个板栗
已被北风切成四瓣

一团冻得发抖的火苗
终究无法
将四瓣板栗再炖成两个
终究不能
再将两个板栗
炖回树梢　在树梢上接着生长　成熟　膨胀

2021 年 6 月

秋　叶

也许它可以是一个人的名字
秋天的　带着成熟的香味
红色　直至是金色的
有着难以抵挡的　成色和重量

霜降下　霜的绒毛　霜细小的脚趾
从叶的上方进入
又从叶的下方渗出
多少天的风　去了又来
将树枝吹冷
又　吹到更冷

我带着书信　骑着高头大马
累了我就歇息　就在店中饮酒
切七两牛肉　对着猛虎般
色彩斑斓的山系
在月光下放声高唱
或者　听自己
坐在一段枯树上
放声大哭

雁　雁的翅膀　雁的声音
雁的队列　追着我的马蹄
向后　向南方　向遥远的东南方
在某些方位　秋叶正青

秋叶不老　不必快马加鞭

秋叶　叶的经脉　叶的面容
叶的一呼一吸　被这里的秋天消灭
我的马　马头　马尾　马镫　马腿
在今夜之后　某一夜
可能永远不来的一夜
就由这濒死的秋叶托住
无声　无痕　无人知晓地
向前

2021 年 9 月

霜　降

唯有今晚
世界落入白色
霜
从月亮的窗口飘来
唯有树叶能够参透
它的目的

松针变粗　更温柔的锋芒
站立在睫毛之上
今晚　除去河流和大海
没有人
能逃脱霜的掩埋

我有一颗滚烫的心
锁在冷酷的泪珠里
年复一年
我等候一把有力的钥匙
将它打开
我有成堆的宝藏
埋在远方
等待一个特定的强盗
从山洞里抢走

我广大的世界
今夜落满厚厚的白灰

我愿明天早晨
太阳的和风将它们吹走
在打扫干净的大地正中
我不后退　不倒下　不绝望
我站着面对
被冻得完美的初冬

2021 年 10 月

阴影之下

你喜欢离光明远一些　关掉灯
和月华　与流走的时间相等
你不会转回
交给别人的脖颈

光明同样需要用于躲藏的地方
铺到今天　阴影已是揭不下的
鼓皮　有时是水波　看不见它
动荡的内心　而你　薄薄地

薄薄地站着　或者与坐着的椅子
一样伸展出沉默　这沉默
正是语言的体重　本来就稀有的
声音的重量　呼吸和路程的重量
也是爱故意织出的阴影　它掩盖着
我心里的轻　比多年前
来过屋里的光明
更要低沉　身怀极端的密度和致病性

2022 年 1 月

请置我于

请置我于肩头　以琴弓拉我
请置我于胸前　以手指弹我
请置我于腰间　以手掌拍我
请置我于脚下　以脚尖踩我

我是你的提琴　你的吉他
你的鼓　你屋里蹲伏的钢琴
我是你言说的喉咙　你的声带
你可以抽打　敲击　拨弄
只要你愿意　我任你踩踏

我送出音乐　美
世俗之外的幸福
请聆听我最好的部分　而往年的
修炼之时的杂音　出错的调性和音节
要由你拉开　弹下　拍落
踩成和我一样
守在你门前的春泥

2022 年 2 月

梅花灭

已经没有人
能再次清点
你泪珠的
总和
只盛开一声
在树枝上
被点亮的、坚硬的
只有那天的我

突然站住的
是风暴

天空一直
向远方倒塌
与向上涌起的大地
形成
相持的两面　季节
季节只是一捧
贩往春天的
低温的雪

即使是普通人
也在从前说过
人类
与永恒本是敌人

平静的蓝
不必屡次
翻卷成波涛

死亡总是带有笑容
它昨天
已在花园里下车
虽然死亡
今天才出发

我怀疑我
究竟是否活过
被杨树叶忽厚忽薄的阴影
裹着　我坚信

对来到人间的手
不该怀有丝毫贪恋

2022 年 2 月

乡村之夜

每到夜里　我们拆解彼此
黑暗说着清冷的短句
但有时
采用温暖的语法

我们笑　哭　尖叫
反问自己为什么
非拆开对方不可

窗外总有　一两只鸟
抓住机会逃进阴影　翅膀
比刀片宽厚　向两边展开
让人以为　是被风吹倒的船帆

有时　当我们平静
停住拆解的手　就能听到
夜莺将语汇吐向树梢

声音很低　在膝盖以下
比降到树叶上的露珠
更加潮湿　没有任何心思涌向对面

会在入睡后合并　两个身体
都泛着浅浅的光　找回
合金的质感

就像从母亲怀里滑落
把痛和鲜血留在
别人的中心

很快
就会落到树根下方

但谁都不打算拆掉　树林中
站住的五官和四肢
树和树
将所有黑暗预先围住

仿佛万物丢失了自己
夜晚向里的部分
与夜的中央或外围
不再相同

2022 年 3 月

我的花朵死于立夏

你嚼着
嵌在时间中心的苦味
夜与昼之间
没有缝隙也必然
没有差别
别告诉我你是不同的
别说任何语言和剑
它们击杀的
是同样浓度的鲜血

当银杏树
在主峰之上被横着切断
树干中的南风由森林放逐
我的剑刃
它终生左右为难
别说生死这浩大又渺小的主题
别说轮回
这无法查实的安慰

我的花朵死于立夏
如果你记得过去多么沉重
就知晓今后
将何其单薄
别告诉我爱与恨必将彼此批判
我的花朵

她活在立夏之前
一段万事万物饿着的春天

2021 年 5 月

你蓝或者紫

既然色彩在暮春
无穷无尽　就必有一种
埋伏着悲伤

远远的天涯　每天都有人
斜靠窗前
不紧不慢熬煮孤独

春天让人跌下深情的井沿
庭院困在屋后　每天黄昏
它都数倍于异乡的天空

我不想推算你蓝或者紫
不揣度你在何处
不为你的泪水和影子估值

半生的麻木　焚成青灰
攥在野鸟掌心
我不去招惹过去的沉沦与飞翔

现在的我　收拢翅膀
站在
即将遭到掩盖的地点

搜寻　被毒害的四月和五月

某些名字签署的低烧与轻咳
发生得子虚乌有抑或九牛一毛

明天　明年
深黄的梅雨漫过心坎
尖叫与欢呼将同时快步扩散

你被迫再一次惊醒

无穷无尽的声响里
已添加过深冬
更埋伏着　坚实的虚假

2021 年 5 月

卧室深处

直到无法再走
才是　卧室深处

一张小床
两米乘以一米
挡住　盲目向前的脚
由黑夜立即擦光的
足迹

这是我的卧室
是它和我的天涯

距离门　我不让它
超过三米

尽管　这种布局
与往事不符

遥远的乡下
卧室　既大又高

卧室上空　蝙蝠滑翔而且
群星又乖巧　保持安静
又能安抚创伤

城市　四十年前
我哭着找到的地方
卧室林立　都很小　很浅
都没有深处　只有
紧靠客厅的
吃人的门
像少年的我
小小地　贪婪地立在一边

在这样的卧室深处
爱　或者不爱
都很难做到

2021 年 9 月

两　种

时间分为两种
与你有关的时间
与你无关的时间

空间变成两种
有你的空间
没有你的空间

思想仅有两种
你深陷其中的思想
你逃到外围的思想

进入眼睛的
世界　只限两种
你存在的世界
和你不打算存在的世界

我　越来越被
撕开为两种
走近你的我
和远离你的我

2021 年 12 月

明年的雨同样没有硬度

今天与昨天是否完全相同
取决于这群花朵开放或者从不开放
此处与他处能否合成一个躯体
取决于阳光内部是否存在温差
如今的日子恰恰短于一声叹息
你的尺子却量出了秒的长度

我们
都陷在自己的肉身中难以自拔
也无法在头顶长出嫩芽
雨一直下着　当你看雨
抚摸雨丝　它一直从云头飘向土地
春天走得不声不响　走得决绝　如同被诱惑后
趁着暗夜的沉默私奔
夜幕盖住花苞和梦　不让星星用光芒侵犯

永远只是少数鲜花抵达瞳仁
更多的美和悲怆　躲藏在枝条和根系中
隐身到以后的年份　明年的雨同样没有硬度
未来的你
可能未曾记下过往的你
而风的脚　正踩着
我夜夜描画的脸孔

2022 年 5 月

不存在的你

与蓝天面对面　它的额角
涂着云　白的　乳白的　灰的
最后浅黑的　下面
一湖水　多年绷得很紧
世界打开又立刻关闭

总有可能的不可能　蓝必须消失
夜晚　更躁动的寂静　更重的空虚
如果神灵愿意　会让它们
将你压缩成梦　一段完全的哭
经过乡野游荡的动物四肢

你再度和世界同时打开
遥迢的你　不存在的你
从不消亡的你
软的你和黑的你　碎的你
时间没能到达这一时刻
也没有从脸上萃取
留给他人的余温

2022 年 6 月

遥远的现在

近在眼前的过去
和遥远的现在　都不再作为真相
未来　曾经从此时开始孕育
本质上的你　何时突破
观念上的你　由理论捆扎的你

接近你　难于登上青天
正如手　无法夺得流水的筋骨
雪　随心飘落　风没有腿脚
所以能越过全部景象　纵使他
有过双翅
谁又能背负群山　向你起飞

悲壮的广阔　不朽的等
大海用蓝色浸泡时间　你就
梗在蓝色之下　破碎　细微
坚硬得超越钻石　他的伤痛与生俱来
而我　形式上是空的
正如缓缓转向明天的眼窝
陷在　亿万张铅印的面孔中间

2022 年 7 月

从一粒沙和一滴雨中找出某某

不可能存在于　也不必要存在于纪念碑
博物馆是虚设的　未来才会建成博物馆正品
可能的是　在他人视线上越滑越远　如同空气
只要找到空隙　就要流走或者逃亡

每个地质年代　全人类都难免
压缩成一组词语或者几种现象
在多余的沙粒里　藏着没必要继续生长的
个人意志　一滴水落下来　怀抱济世的温柔
最终结局却是蒸发　更为最终的结果
是再度聚焦　沿逐步发黑的云层重返可能

面对大写的世界　你只做小写的我　小到极致
才能进入沙粒和水滴　即使它们都被碾碎
你还能保持完整

2022 年 8 月

事情有着另外一副面孔

不好的事情通常会七窍流蜜
雨中现出的污点　最好仅仅擦拭别人的眼珠
每到白天　罪恶像铺开的棉絮　有
属于个人的弹性　独特的坏自古都能无与伦比
在强烈与不强烈之间浮游
上帝只来得及盯上少数人　尽管这么做
他已经很累　洞孔外面沾着变质的粉末
很久就出现在苹果树干上
它总是直接通往苹果本身　虫子才是
将阳光带到果实中间的使者　有翅膀
弓　和射穿人心的毒箭
至于你
不好的事情已经将你忘记　在一封被蜡滴过的旧信里
你其实还活得好好的　虽然字体变胖　笔迹衰败
呼吸却还在另一个人的膝盖上起伏

2022 年 9 月

再次去往一个地点

开车驶向山里　其他地址突然不再必要
绿的　灰的　黄的　有些红来得发紫并且猛烈
这是深秋的原因　这是我的心粉碎过的原因
一座房子在阳光下守候很久　相当于
在山的腰部多年罚站
那是岁月过于快步　来者叩门太迟的原因
一次又一次转弯　爬坡　穿过草丛溢出的光芒
和千万只鸟静默的眼球转动　那是我希望
坐在它们的翅膀之下　不再转动的原因
有的地点我去了多次　只有一个地点从来没有
也永远不会前往　那是我决定沉落底部的原因
与屋后没有姓名的温柔野兽为邻　不必
与列队飘下的明黄树叶为邻
那是我置身黄昏　心在彼岸的原因

2022 年 9 月

秋天的宴席

你是对的　朋友　天空真的还在
欢乐真会出现于相逢之际　许多人
走得决绝　许多人走得缠绵　但你还站在门前
曾经的离开　也许只在别人身上烙下鞭痕
你仍然完美　如同初春降生的婴孩

如同焰火　等到炸裂就能喷射光华
你的身体　是火山也是冰窟
你的言辞　是岩浆也是雪水
你是对的　朋友　我们是自己和对方的制衡者

请将秋色摆上桌面　将美好的物事全部
唤出心房　端到桌上　请别关上大门
还有大海和极地　白云和圆月
还有未来　还有各种来历的眼泪
至于你说的　过去的一切　如果它们
已经来到这里　朋友　请你将它们倒进杯中
你是对的　它们已经封存很久
已经酿成出自明天的芬芳

2022 年 11 月

一缕炊烟看上去很像一条泪痕

秋天是消失的岁月的铺垫　一边烧火
一边被火烧　我的每个昨天都和灰烬一起
处于母亲的灶膛中

母亲不住在别处　她只住在我的记忆里
一缕炊烟　如同盛夏正午在鞋面绕来绕去的绣花丝线
如果我的心仍然完好　那是因为早已被母亲的牙关咬紧

没有你的岁月我已经度过很久　今天
仰望炊烟　闻着香　尝着新鲜的稻米
母亲　这缕从我手中升起的炊烟
正是一条朝你流去的泪痕

2022 年 11 月

我们不做别的

我们不做别的　我们
只制造蔬菜

我们整地　施肥　育苗
我们把时间花在栽种上

我们锄草　捉虫　捋起衣袖
让汗水不断从身体中流走

扶苗　牵藤　绕着地块走动
我们的心思放在管护上

我们不想别的　只惦记着菜地
蔬菜长成之前　它的小花
怒放在我的文字之中

白昼长还是短不重要
黑夜冷还是热不重要

你离去还是留下
你喜欢青还是红不重要

重要的是制造蔬菜　我们不急
不累　不疼痛　不叫苦

我们　以无望地等待恋人的耐心
制造与梦想质量相等的日子

2023 年 5 月

去年和前年的此日

如今显然不同　但又几乎相同
五月的五在四月的四之后　同样
也在六月的六之前　天气要么显得晴朗
要么显得非晴朗

去年如此　前年如此　三国时我舞枪的祖宗
在五月十二日这天　同样如此挣扎
四千年前可能有所不同　不同的是
用来挣扎的工具和手段

活在一丝念想里　这念想就像你面前
一撮艰难的火星　要么被你吹灭
要么被你吹活
两种结果　既不同　又相同

我想从山峦上找出我的身体　从水中
捞起我的灵魂　从一团雾里
夺回我的忧愁　无边的花开在五月
从那里　我希望找到
去年和前年的脸庞与泪印

2023 年 5 月

立夏辞

等得很久　有人真诚
就必然有人虚伪
春天每日谋划着早一刻离开青草
瓜果如豆　涌向枝头
部分花朵不再带着鲜嫩的坚强

今日是我描摹世界还是
世界描摹着我　云密　天低
稀有的　无法转述的悲伤
通过普遍的树
长进后院的丛林

时间的门槛被千万次踏过
对　是我不断磨损你有限的青春
是我密度过高的躯体
吸收了　太多太多光阴

2023 年 5 月

果　实

为了与你相见　我们必须分隔万年
星星　天空中唯一可见的
时间闪烁的坚果　秋天耗尽之地　便是
枝头的每一个几何体　成长时节积累的苦
缓缓变成甜蜜和淡淡的酸

你走或者停
你是自己影子的果实　从四面包围我们的大海
被注定成中央一滴水的果实　灯塔亮出灯
透出暴风雨中温暖的坚硬　娘
我家的大门明晃晃地开着　我要拥抱你
我是你正在回家的果实

消费完每个夏日　星期天是整个星期结出的
无所事事的籽　你的心灵在郊外
向着昨天张开　如同
花谢之后复杂的石榴　你的双手停下
不去采摘汹涌的明天和后天

将那月亮摘下　用石磨磨碎　磨成常见的
月白色的粉　磨出桂树的香
那本该是吴家收获的果实
现在它光一样降到院子里　让我懂得
花的果实　其实是上天随信寄出

难以轻易抢到的芬芳

2023 年 8 月

到重庆坐在一棵大树下

在所有夜晚中　唯独没有放下昨晚
还有一丝血　活在
别人的指尖和心尖
重庆是某种寓言式的持续的坎坷
是许多叶子向一棵树上集中

因为中断行走　坐下来
才是最恰当的形态
像一条街在地面跑着　总算到了终点
时间正从未来向此刻倒塌
我也　倒在人民广场左侧
与纷繁的人世　保持着
超越极限的三百米
坐在树荫下　形同泡进嘉陵江水
不同的是　此时的我枯竭着　沉没着
没有任何向前、向后、向上或者向下流动的
倾向

2023 年 9 月

听见汽车接近的声音

来客是谁并不重要　可怕的是又一次
自己精心保养的宁静被撕开　在这小小的村庄

你躲不过人眼的扫描　过去是脚步声
在有雪的日子　雪被踩到痛得直叫
有雨的时候　一把伞下的一张脸

也许点缀满你欢喜的雨滴　很久没有相见
就突如其来　你恨不得某种宁静从未出现

我曾经只带自己的影子上路
包里装几本书作为附件　在没有汽车的道路上
让自己的一组小诗注解我

那些年我缓慢地走　跋山涉水与人相见　这只是
前一代流行的古典文学手法　时下流行的是

下车　见面　吃吃酒菜　谈谈收支
然后　听见汽车噗噗噗打着饱嗝远去的声音

2023 年 10 月

2023 年 10 月 19 日下午想起三件事

1981 年初夏在园艺场

五月昨天到达　树木的挥手
含有不确切的意味　是的　果子已经
从树枝里探出水滴般的头　微小　脆弱
有的已经比较大　可以接受消灭
两个男孩坐在地上　浓郁的树荫中藏着
饥饿形成的阴谋

它们不好看　虽然看上去很圆实际不是
绝对的圆　闻起来　连难以捉摸的少女的香
也难以闻到　从内部总是能鼓起一点高度
使旁边的显得既矮又正常　两个男孩子坐在
树荫下　阳光平均地照着两张半仰的脸
让人想起夜晚　动物出门以后仅有的愿望

摘还是不摘　极度相反的决定一直
盘旋在头顶的空气中　子弹一样来回穿梭
总有人被短暂击伤
一条小河送来水的声音　让他们突然悟出
一切莫不如此　下次再来这里
树枝上留下的　只会是果子被摘后结下的疤痕
两个少年　终于将清凉的树荫撕破　无人知晓

2000 年 1 月 1 日

在一起过每一天
今天是第多少年
把贫穷的每一天过得不那么贫穷
把不快乐的每一天过得有一点快乐
早上起床
走向可能会有争执的生活
总欠缺点什么
又总多余点什么
有的事情一直没有开始
有的事情确实结束得太早
那时你很少说话
只用你的眼神递来简洁的词而不是句子
你在教我解剖自己　尽可能将自己条分缕析
我意识到每天
要三次看透自己
是比去看一眼成都还难的事
所以我不关心路标　不看里程
岔道　险路　野兽出没地带　悬崖和深谷
都没有躲开　还好
现在身子骨　打磨得还算过硬
种菜　煮茶　读书　观天
都还行　还能和你一起
去练习能校正颈椎的羽毛球

2023 年 10 月 16 日夜所见

河流的尽头在天上　唐朝的名句
一直流传到刚才　河岸却没有顺着它的性子

它在我的脚下

我在被捉的危险里夜钓　这自古正常的
猎食乐趣　如今是走钢丝　想起先人中的圣贤
坐在大雪压舱的船上　看无鸟的天空
无人的小径　心里只想着一条鱼

倒退成被严加禁止的幸福　沿着河流
必须改变逐水而居的惯性　你只可以
远望天空　正好我朝着向西的方向
那里的天空只是天空　不与任何概念相似

也没有被蓄意描述成伊甸园　其中包含的原罪
就有贪吃的本性　二十一点左右　看上去是一场
微型的爆炸发生　在若干光年之外无比辉煌的华宴
落进我眼底时　只是一颗彗星短暂发光的哽咽

2023 年 10 月

我们数星星有着与人不同的因果

还像往常一样　昨夜我们站在天底下
想把星星再数一遍　心里想着
如果自己是神　就能从这一颗星
跳上另一颗星　从人间能看见我们跳跃的影子
又或者　我们在星星上盖房子　挖矿　做饭
从星星的外部找一个缺口　钻进时间内部
累了就在山洞里睡觉　碰上下雪
我们不出门　就窝在爱情之中
你将錾子递来　我就在山洞大红石壁上刻画
地球上所没有的动物　长着角　身躯庞大
我们可以骑着它　在雪后旅行

如果我是神　我一定会把你也变成神
把很多人都变成神　月亮里的桂花
我要命它泊在自己的香气里
妈妈率先从死亡里复活
说这天上的清香　像生前的露水那样单纯
粗糙的吴刚与细腻的嫦娥并不相识　唯有如此
他们才可能相忘于人间

像往常一样站在天底下　昨夜
我们徒劳地数着星星　父亲当年正是如此
细数着为数不多的谷粒　在夜晚
母亲数着粗浅的文字　如果我是神
就可以将全部的云整理成田垄

将质地最好的星星　种进云里
从宝瓶里倒出雨水滋润
星星发出光的芽叶之后　倒垂着向人间生长
秋季来临　云退到后方
谷物就金色地落向地面　那时节
时间它成为失败的废墟　而我们
消失在自己刚刚赖以站立的地面
飘浮于梦的樊笼

2023 年 11 月

脱　轨

这层皮蜕了千万次　都是无用
这一次　它比桎梏更加桎梏
锁紧全部愿望
这一番　我该前进一步
蜕变为人
游向乌篷船
以明媚的言语打点艄公和湖水
与月光说妥
劝它以绝世的温情照向人世
我要一场既天崩地裂又润物无声的相逢
于从未相逢之后
于山盟海誓之前

你是对的　我的血和她一样
冷到彻骨　寒到发抖
——白日里世间不是有太阳吗
——暗夜里　拿来！我就饮那雄黄酒
我只会浅斟　微醺
我曲折的身子　终会变暖
暖于这西湖的碎冰
那塔我是知道的
裴禅师果真得道
他会怜我
从彼岸到此岸　度我

拿来！不着洁白衣装
岂能显出我的纯洁
不携玲珑雨伞
如何迎接雨丝的编排？
我要与他
有一次无比的相逢
自此之后　诸般戒律
请只留给成仙的精魂
我要的　是作为女人的我
和总有一日会被吓晕的
出自许家的相公

2023 年 12 月

雪花昨天夜里停在半空

不知道这只每年飞越我头顶的雁
为什么数度孤身南来　不知道它
那被风吹瘦的心　有没有装着我的鲜血
雪花昨天夜里停在半空
不再飘落
梅花的心一直敞着　它等的会是冬天里
乌有的蜜蜂吗　大多数夜晚
星光都会照着我的屋顶　它没有温度的光明
会惦记　大地上每一个普通人吗

我不是树　砍伐之后看不出我的年龄
不是碑　身上没有斧凿的痕迹
我不是水　朝我扔一块瓦片　激不起
一连串涟漪　也许我会被风雪记着
被江河记着
我的生活一直与它们相连　最少
一定会被你踏过的泥泞记着　仅仅由于
我也是它的某个局部

2023 年 12 月

拜访小村

怎料想　几千年后　小村还藏在这里
溪流晚年摔了一跤　然后不知去向　小动物
长久地怀有短暂的忧愁
和莫名一致的渴望
星星成群结队　每天在山的怀抱中诞生又毁灭
脚印到来又离去　离去又到来
倒映在母亲最近八十四年的眼珠中

九棵大树种植于两千七百年后　大树之侧
春雷起自心灵
未能击倒坐在堂屋的四位菩萨
当我抵达于当天午时　被村子看着的我
像一匹从北边飞来的马　要驮走
小村深埋的经卷

我们走向山腰　山腰正在下沉　那些台阶
即将再度变回斜坡　我们站着
安装在风景中的一个瞬间
小村　正借鞭炮声向百里外爆发
南风顺一根电线走来　它刚刚丈量准确
每满一千年　小村正好瘦去一圈

2024 年 2 月

接　待

一小杯茶立在桌上　淡淡地等着
我是如此不堪　绕了很远
错过多重路标　才隐身于菜地和柳树之中

以为一切都已经遥迢　连你的面孔
都恍惚　模糊　那些轮廓
薄于门前江水不断变薄的厚度

屋子是新的　而我陈旧到白了头发
一些书静静立于案头　它们的嗓音
坚持传向迟迟未来的未来

如果这一次我见不到你　可能一切
真会变成灰　我的手伸着　手掌
比视野更加空洞　在这无人停留的地点

如果我的心还没全部碎完　它会作为
注入杯中的　那点精选的水
被连续飞去的梦想反复浸泡之后
由你亲手端起　并慢慢喝光

2024 年 2 月

在黄墩妹妹家门前谈天

正月十六　阳光格外客气地
围着三个哥哥和一个妹妹
坐在门前长相各异的凳子上
就像挤在温暖的木桶里　脚下
是母亲六十年前装满木炭的火盆

家　曾经把我们拢在一起　排列我们
成为高高低低的一队　父亲手里
始终提着一盏灯　他走在前面
夜深路黑　我们大小不一的心不再恐惧

父母的灵魂　正月十五已再次送回天堂
他们的鞋子
还带着田里的泥土吗？他们的衣领
还含着夏日的汗水吗
最重要的　他们的手还牵在一起吗

我们放下龃龉　谈谈童年和少年好吗
我们谈谈父母的愿望
想一想临终时他们无力说出的叮嘱好吗
我们靠近一点　再靠近一点
在这含着爱的阳光之下
我们给孩子们
讲一个曾经贫穷但是美好的家好吗

2024 年 2 月

第五辑

“劳动的高度”

采　椒

此为辣　辛辣
火锅与全部四川的辣
再加湖南　山东
海外作为零头的辣
辣到苦　到舌尖疼痛　到嘴肿
腮红　到一串倒抽的冷气
一声惊恐的哎哟

此为手　摘椒
农妇之手　年少的农妇之手
曾采莲　采花　采陌上之桑
曾于少年心头采情　采雪　采泪珠
现摘椒　采红　采青　采枯去的黄
螺丝形　灯笼形　长枪形
全采去　采来　采尽　不留分毫

此为绝笔　令椒叶空洞
椒秆失神　椒根作废　椒香再无
置椒于砧板之上
以刀锋切　以刀背拍
送椒去烈火之上　沸点之中
煎之　熬之　炒之　烤之　炖之
必须令其九死一生
成菜　成食　成椒之生前

2021 年 8 月

打　铁

打一双鞋　穿到马的脚上
马就能踩着铁飞奔　迎接
一群铁打的长矛　或者箭尖上的
哀叫

迎风打铁　在炉膛前沿
烈焰无声　注定更加无情
冒雨打铁　铁砧之上
打出密度和强度　打出
标题般的凝练
用铁钳　从角落的期待里
随意挑拣一块
打出任何物件
任何形　任何重量

雪花　冰雹的冷
打进铁的筋脉
闪电的明度　雷霆的音高
打进铁的肌肉
挥锤的弟子　没穿铁鞋的脚趾
抓着地面　身影
倒映在师傅手背
被打到剧痛和浓烈的铁
将他全力以赴的影子摄取

正如刚刚离开的　翻飞的马蹄
锤落下　再举起　再落下
打铁　如同我母亲　将战衣里的水
拧干　再晾向阳光与绳索
铁　被打完深埋的杂质　水　血　以及
血后面残留的　倒退与犹豫

打一批农具　接着　打一批刀枪
再打一堆　众贼的盗具　凡是
由铁来做的　皆以烈火煅烧
接着以锤猛击
最后以冷水淬火
成形　出锋　身带不必解读的光斑

趁着夜色　被打成的铁
出发　出手　出成果或者事故

曾几何时　江山
朕以为是铁打的江山
爱情　就在昨晚
你仍以为是铁打的爱情
只是铁匠　和他孔武的门徒
在被铁锈重重围困的店门后方
不会　将在手下翻来覆去
的铁
慢慢说破

2021 年 8 月

捕　鱼

仔细盘算纲与目　大与小
令下床的女人织网　搓绳
编结　折叠或者收拢
急着起跑的船　已在水面静候多时
陈旧的码头　站着风雨和锚

见到河流的厚度与水的明度
雄心顿起　觉得自己　笃定成为
水上的豪杰
只要来到水面　即是进入战场
划桨　掉头　转舵　下锚
都为了抛出　撒开　网和网

河流之中　湖泊之中　溪水之中
沟渠与水库之中　海之中
水的上层　中层　靠近水底的那一层
皆有鱼　有爱人　需要接近　需要引诱
逗弄　惊扰　需要发一声男人的喊
将它们抓出水面

停止捕鱼的时候　就回到前进或者后退
回到静止
想家的夜　家在远方　寒山寺钟声稀疏
渔家傲在彼岸翻唱　如诉　如泣
如细浪拍船　眼看明月

由天顶坠落舷边
桨尖挑水　洗清耳鼓与双足　乌篷之下
入梦的鱼群　必将由风的一种
撕扯或者拨弄

这样的撕扯
令渔网裂开　小船飘摇
令英雄之念　时常碎为雪子与齑粉
纵然与水成为一体　又或者进化成
水上的好汉　浪中的大王
纵横于涡流之上　可能依然
两手空空　含恨而归

鱼　依然在水　蛙泳　仰泳　自由泳
在水中直行　拐弯　悬浮
摆尾　摇头　上升然后下沉
鱼看着你　正如现在和从前的爱人
甚至隐约的未来的爱人　为何她要真的
从了你的船　你的网　你的
英雄气概和绳索
就算是　你跳下水去　踏浪　弄潮　千呼万唤
哪怕以命相搏　那鱼　那些鱼
还在远处　列纵队　变阵　游

2021 年 8 月

伐　木

这双犀利的眼睛　看见的
不是树　树叶　也不是根和树上的藤蔓

而是火　在寒冬的炉膛燃烧　是房屋
四面的墙　屋顶　四根棍子支成的窗户
从窗户里看出去　外面还有更多的树
向上爬升的温度

是栈道　从山腰修起　通向蜀国的地盘
兵马虽没有通过　在另一个地址上
却有人成就万古功名

将伐倒的树木　罗列河边
河水清且涟矣　在遥远的对岸
一个白人戴着帽子　将我们叫醒
夜　离得越来越远　累已越来越近

伐的是琵琶和古琴　一支高山流水
一定埋在层层包裹的年轮之内
砍的是桌椅　床榻　噼啪的响声
桌椅用于谈判　床榻用来繁衍
扎着红缨的长枪　由大树的边角料削成
可以深入血肉与呐喊
直抵痛楚的底层

仅仅凭刀　斧　鲁班的锯
还不足以完成伐木
要加上失聪　听不出树干下端的呻吟
要加上失明　看不见枝叶全身的挣扎
和　地下树根的后退

习惯地喊一声号子　听上去
响彻云端　太阳　依旧照着
新的光合作用　作用在
没被发现的　树苗的
天灵盖内　肩胛骨里　脑神经中

2021 年 8 月

绣　花

手带领手指　在轻薄的丝绸中
埋伏多年
不堪一击的指关节
紧跟着院内的竹节长大
姑娘　终至双眼明媚　乌发流光
此时　诗书读毕　礼仪学尽
一架楼梯　每档五寸
将少女递到　西厢的二楼

姑娘的双手
向来纤细　又紧张　小臂上柔软的绒毛新鲜
与坚硬的针尖　彼此对峙　姑娘
自晨至夜
面对慈母严肃的身段
木板合围　栏杆环绕
朝街的小窗
是平日里　伏在书卷上
橄榄剖面的　姑娘苍白的脸

谈何容易！从卯时直到午时
再到子时　一日之间
要将三希堂中的物象
绣于手掌之中　一年之内
要绣出终生不败的梅兰竹菊
画样　飞针　走线　挑断　缝合

绣成山和水　风与云
走兽眼中燃烧的火焰
万般造化　务必一针针绣尽

灯火跳跃　寒夜饱含肃杀之气
只为取暖　今晚以彩线拉出春天
绣五官　乌眼　玉臂
腰肢在中段摇摆　双脚踩踏露珠
针尖走过小道　最终　通向日出之地
选定旭日下方　终于　姑娘
往丝线的缝隙中
绣进了自己

轻拢慢捻　抹　复挑
依自己的心机　绣一片江山
帝王的腰带　靠近小妹的肚兜
飞禽的双翅绣成起伏的烽烟
又一年　绣树木　麦穗　高粱与葵花相对
亭台楼阁　园林街巷
绣出风雨　侵蚀膝上的丝绸
打湿绣凳　和母亲坚硬的心脏

彩线何其长　此生何其短
还须弹琴　还必填词
兼顾习字和低唱
当媒婆提一副笑脸　带来
夜夜经过窗下的影子

当那影子

立于堂屋　拜过
落座　姑娘
姑娘那无人识得的心律
从针尖跳出
突然形成的血痕　既窄　且深
吃茶　对话　拜别
至此　姑娘臂上的绒毛　尽皆变焦

绣花　陈旧的青春
在丝绸上痛苦而孤独地再现
技巧独步天下
岁月却逼到墙角
姑娘　理出绣成的花布
一针　一线　一结　一孔
全部拆去　剪碎　铰烂　随自己
飘于屋外月色之中　置绣楼于死地
于决不回首的
人生之外

2021 年 8 月

栽 树

也许　我的一只脚　也可以
这样放进土里　长出大小腿和手臂一样的
枝干
和　冒充新叶的细小的牙齿
啃着从东边掉到地上的阳光
和三个季度以后的
雪子中的　弯曲了的甜味

另一只脚也放进土里
用铁锨铲上肥料　放在它的左边和右边
盖上土　黑土还是黄土
不重要
踩上几脚　把我的脚栽牢
细心的人　找来三到四根棍子
支撑　防止我的影子跌倒
因为如果那样
这个世界可能会有一声
别人不需要听到的尖叫

松树还是樟树　还是柏树
还是每一种树　也不重要
反正　在三月的某个早晨
露水还没返回天空的时候
我被这个人　栽到坡地上
接着　有鸟落在我的头顶

先是唱歌　后是踩踏
风闻讯而至　把我的骨头
摇得酸痛

不知道能不能
活出树的样子
在夏天　在初秋
不知道明年春天　后年春天
这里　有没有另一棵树
将我从坡地　挤到一把
冷笑的柴刀面前

2021 年 9 月

缝　衣

正如一条没有颜色的鱼　牵住波浪
细小的针　牵住线
穿过辛酸的一丝一缕

只能是母亲　以双手
以心尖的微颤　拼接
刚刚裁好的布匹
儿子或者女儿的身形
就在她的心里
腿长　腰宽　肩膀的厚度

每个人的衣装　都在母亲怀中
从胸前到膝盖　吸收着
她的体温　体香　人间小屋
深夜的气温

萎靡不振的灯芯
头顶一粒　忽大忽小的灯火
酷似爱的饵料
是寒冷与黑暗的冬夜
母亲情感的沸点

失去但是难忘的
母亲的脸
俯在布和双手的上空

母亲强大的身影
从墙上　铺到地面
而针　和线　穿梭　来回　无休　无止
一边缝制儿女的衣装
一边绞杀
母亲子夜中的青春

我将包裹在
母亲缝制的衣装中
远行　求学　靠近大户人家
小姐的背影
风和雨　打湿裤筒
从圆圆的领口　我的头颅伸向
温暖的初阳　或者
无情的大刀　双手
可能抓住袖口外
刚刚露面的春色　也可能抓住
千百万人的长叹
一枚纽扣　把我衣装之外的一切
扣在母亲的手边

绕线　形成漩涡般的线环
最后一针　带着指尖又一缕
强烈的鲜血
从线环穿过
如同穿越冷　到暖　穿过死　到生
母亲轻柔而有力
将线收紧　咬断
然后　坐在床边

吹灭灯
在窗外的白霜和屋里的黑暗中
始终看着我们

2021 年 9 月

浣　纱

在鱼群的上方　她的倒影闪动
由双手的节奏引导　圆到完美的鱼眼
将一束电流　通向她的指尖

指尖划破水的皮肤　探入
水的身体深处　河流在南风中退回安静
一件衣裳　更多衣裳
一定是白色的　云端上的白色
将洗得更白　比山间森林中深睡的象牙
和她的颈项更白
白天般白　冬雪般白
正好对应　她眼珠中心和
包着每根头发的乌黑

溪流欢唱　跳跃　转折
以最快的速度向前
在遇到的第一个悬崖　争先恐后纵身跃下
只为早日　从你的面容上经过
乌鸦的翅尖　如匕首
刺向搓揉动作的正前方
吴国或者越国　先放到河水中清洗
因为战场及其周围
必将是人头和鲜血

一双鞋更黄　比沿路的黄泥更黄

一种被谷物堆砌在脸上的黄
因此要洗鞋　洗粗布纠结而成的帽子
带着深冬时分　头顶上升起的
松散的热气　用跌落的溪水漂洗

所有男人四个姐妹中的一个
在河边　洗家里送来的衣裳和鞋帽
有时也洗菜　淘米　浇花
做女人该做的全部事务　她灵动的头脑
确实想过漂在海洋脸上的花朵
和高高举起的　鱼的呼吸

让她做一个本来的人
只在石头平铺的手背
和流水激动的呻吟中
浣纱的姐妹　浣纱结束
升起炊烟　她只属于
邻村或者本村某个
宁愿为她跳落山巅的青年
不著名　不被找到　不被打乱　不功成名就
不要拦一辆马车　将她从家乡的大路掳走
不要把她送往
必将在她黑发的涡流中
沉沦的国度

2021 年 9 月

取　火

湖水对岸的怪物　快速膨胀
一边舞蹈　一边
用红色的利齿　折磨森林

惊骇的每个白天
每个夜晚
龙在梦的正中飞翔　游动　用自己的声音爆炸
一定有某种生物懂得　被埋没的
火焰的痛苦

子夜的启示　来自
与另一个躯体的深入摩擦
奔向温度的渴望　不顾一切
本来就没有的　一切

唯有冰雪　每天来冻裂幼小的婴孩
湖面的沸腾　是向南的风向上
冰冷着的沸腾
是湖水对着烈火发出呐喊
唯有等待　与大树和岩石的等待
一样　漫长　悲怆　一样急切和痛到锥心

黑夜必须被照亮　猎物渴求
炙烤　烹煮　燃烧的本性如同真理
蛰伏在所有生物内心

与死亡同在的寒冬　山洞顶部
落下冰锥　穿透他的手掌
随手　摸出一块
有着锐角的石头　他要
用它的锐角　摩擦枯树麻木的身体

男人手法粗糙　姿势执着
挖掘　摩擦　击打　摩擦　决不停息
松涛　动魄又惊心
在头顶形成召唤
枯树　平躺　或者斜倚在
滑向天空的山坡
滚动　被一群饥饿的手挡住
男人　第一次找到
躲藏在树里的热度

我要做的　就是
让零度之下的木头
返回零度之上　并在夏风里　继续升高
让树紧锁的喉咙说话
泄露心中烈火的呻吟
找到　它先天的伤口　以尖利　粗放
不可磨灭的　锥形的石头
深入它的躯体　像昨夜
卷走乌云的大风　旋转
沿着枯树向内的方向

挖出发烫的通道
找出红色　用不灵活的手　第一次抓住热量

在向上呼啸的
北风核心　我要
挖出转瞬即逝的闪电
火热的野兽　冲出木头的重围
血滴般大小的火花
必将在众手的包围中长大

舞蹈　从平原奔向山洞
胡狼和野牛的油脂中
火跳跃　火欢呼　火被经过的风吹倒
又扶起　火奔跑　踩踏草的轨迹
和孩子嘴唇上　幼虫与鱼刺的芬芳
在树顶　火跳向飘落的
席子大小的雪花　雷霆降临之前
火从闪电的弦上掉落
点亮以后的　全部夜晚

与找到的火一样　这个被梦收买的人
眉骨生猛　脖颈粗大　前额如同
寒冷被迫逃走的悬崖
此人　将摩擦和击打的对象
从树木转变成　山洞中朝南的石壁
一群早已着火的木棒　排成狩猎的弧形
照亮一颗
正在石壁上被野牛和山猫逼疯的心灵

2021 年 9 月

磨　刀

只剩一位老人
能把这活计做好

他认得从潮湿中
钻进刀骨的锈

灰白眉毛下方
他眼神里埋着的意志
已将路过世间的刀锋
从中间切开

只有一位老人
能把这活计做透

每一次　他亮出
碑身形状　碑石质地的
长方体
一言不发　撩衣　蹲下
用自己带锈的指关节
与前来的刀口
建立　流血的联系

磨　磨的是刀
磨到无法计数之后
石头正式弯曲

在中部缓慢下沉

在老人手掌之下　石头
向他结霜的脸色鞠躬

只有年老的他　愿意来回驱赶
刀口前后的迟钝
手掌飞舞　舀起几串水珠
刀的一部分坚强
就被纽扣般　解开

唯有这位老人　驼背　苍发
双眼半睁半闭
满是刀疤的长凳上
生长着一截　不断变薄的纪念碑
慢慢地走　长长地喊
只为召唤一把
敢于盲目出门的刀

2021 年 9 月

牧羊：另一种活法

不一定
我非要回到北京

我就爱头枕一块石头
躺在这山坡上
看天上的云
一朵朵　一缕缕
飘近　再飘远

羊　也不勉强它们
它们低头吃草　抬头望月
公羊和公羊
为别人以及自己
每天打架
母羊却没心思关心
小河弯曲着清亮
几只羊看见自己的毛
如同膨化食品
好奇又担心
狼身影修长
身后紧跟北风和雪花
可能已从远方动身
羊或许知道

而我　只把故土

在心脏底下压实
将鞭梢弯成弓的面貌
我不射空中的鹰
我只射它
传到天边的叫声

我就爱四脚朝天
躺在这草地上
侧过身子　看不紧不慢的羊
像天上的云一样轻盈
我　不一定非得
钻进一个屋子
回到京城
和某个名字
连在一起

跳起身来　我跟着羊
北风开始
我和我的羊
要换个地方
注定
离京城更远

2020 年 10 月

劈　柴

一把斧子找到我的手掌
斧身的锈迹上
青烟缭绕

原来　它用背部
注视山上那两棵树
已经很久

树来了　在躲不过的风暴后方
断成几截

现在
我不能再次装聋作哑

这斧子不像是劈向它
而像是　劈向地面
劈向
它阳光中睡着的树影

它没打算逃走
一片开阔地
有风声越过围栏

不过是铁器外围
一根发亮的细线而已

我渴望彻底倒向
自己的立足之地

果然　我满足了它
凭借青色的烟
与我鼻梁一致的锋芒
从一　它分解成二
一个继续站立
只用一半的脚
一个躺倒
只用一半身躯

2020 年 10 月

开　渠

有一条细细的河流
穿过一群冒烟的心
百年　千年

一群梦想　一群欲望
要在水里活过来
要洁净　滋润　饱满
要花开　要麦熟
要随时能够
在波浪上飞

不能等到
石头终于被泉水刺穿
不能把祖宗的家
背到别处
不能陷在田野的裂缝中
干枯地哭泣

将太行山放到火焰上烧红
在铁砧上锤打太行山
将太行山抓在手里
编成运送太行山的竹筐
用钢的牙齿和全体指甲
啃出太行山腰部
那条细细的水流

细细的水流
向前走着　即将穿过
一个又一个
涵洞般的针眼
水　曾经永远在天的外边
现在　它就要
从你一直空着的指缝中
滴落

2021 年 10 月

移山：灰喜鹊的大日子

醒来　又一次醒得太早
很早
早到四点四十分　此时正是五十一秒
此生的此刻
诗歌　成为第二个折磨
不及物的绘画　沦为第三

一只尚未浮现的鸟
本来安睡在
大脑深处　正像化石
躲进前些日子我去过的
太行山的骨节内
一个大脑比早晨的空气更加清新的老人
挑着石头
三个甚至九个儿子　踩着他的氛围
只能同样挑着石头
一个幼女和半个孙子
坐于门槛
看向山顶和后来飞到徽州的鸟发呆
他家　被尘土反复玩弄的窗户门
像木板一样
在我
和某个痛不欲生的南宋皇帝的脑洞中
扇起风声
两粒本来极端单纯的红豆

竟然黑着脸
被扇进这只灰喜鹊的眼窝

明天上午
十点三十分，第二秒
这两口眼窝　会被我
在粗糙的亚麻画布上
画得光滑、生动，倒映着山峦
仿佛正要
向渤海起飞

比左右移动的断桥铝窗户
更加流畅　鸟眼
滚动　孔明摇动腥味四溢的羽毛
步出茅庐　以外科手术的速度
为它安装
木牛流马的滑轮

它把百分之七十的体重
变成鲜血　肌肉　带着药香的耳孔
变成嫩芽般包在尖锥内的舌头
胸腔内一明一灭的喇叭
把王维的山坡叫得过于安静
曾祖父和它树顶上的曾祖母
给出基因
同时给出上天入地
撩人的线条

灰色的身体

说不准颜色的欲望
黑色的尾巴
有时向下　有时后部抬起
等于献给父亲和三个最多九个儿子的赞美
灰　冷灰
黑　煤黑
正是我画笔发疯时　各处寻找的颜色
明天上午
它将出现在画布粗野的
亚麻纹上
两只爪子支撑它
七成都是液体的身子
一只红　一只黄
分别抓着
前几天从太行山里挑往渤海的石块
和一个突然驾鸟而去的
布衣诗人　画家

2021 年 10 月

筑　路

铁器落到脸上　有的石头裂开
有的决不　铁器再次落到鼻尖
唯一软弱处　被狠狠地找到
更狠地落下　铁器的尖兵手起刀落
石头做出决定　为对抗剧痛
最终将呻吟放到一边
水洼仰面躺向泥地
曾经享受着春风　自以为
细密的波纹能够奏出乐章
一直空在远方的视野　突然
人影密集
个个手持盖着血印的遗诏

带着没有道路的仇恨　从各地赶来的燕雀
身披法袍　有的甚至借来了假发
在惊慌无度中　开会　争吵
从月圆到月缺
落叶上空的一根树枝　正如父亲
被鸟爪抠出雪一般发白的胫骨
接着在地面压出印痕　差点结出
一寸厚的白冰
又弹起　稍落　再弹起　原来会议
真的无法开完　燕雀的队伍
只能伙同食肉动物　像工地炊烟中滚落的黄豆
快速散开　道路的雏形

无法阻挡地长成　万物中　新添一物

我追不上
你步向新生或者灭亡的脚步　蚂蚁惧怕的是
缓缓逼近的脚尖　不错　脚尖
永远带着淡漠的温度
死的字眼　昼夜纠缠在道路左边的野花心房
哪怕是一段
拖着向前的枯木
是向后的滚雷和锦旗
也会把孤零在世间的百合
本来就营养不良的身子
毫无知觉地　摧毁

这不是北边山脊上趴着的城墙
这是路　是直道　是一股气　从咸阳
笔直地叹到阴山之南
牙床上生着锯齿的鲁班　排在很长的队伍最后
等待出世
轰轰烈烈的炸药　埋没在
一种叫作硫黄的物什底部
远远没到　露出脑袋的时代
我们只能用手　脚　肩　背
指头和腿上的青筋　修筑两千年后
才能从浮尘下升起的　秦朝的墓碑
我们受伤　挣扎　庸医的手中捏着负罪感
我们断了的手脚　碎了的骨头
破了的皮肉和心脏　干了的血液
全都被一把铁锨收拢　在挖开的地皮下

哺乳：汪画家的主题油画

我的养母无法喂我以母乳　她找了好多天
从村头到村尾　没有可以替代的营养液
除了一碗稀粥　在火的顶部　养母将它
熬到海枯石烂
每一粒　来自邻县望江的大米
都曾经在她手里　停留片刻
被冰锥一样凌厉的眼神挑出来　做成
等待冷却的乳汁　同样苍白　同样黏稠
也同样被当年的时间和空间接受
也许 1966 年　生父悬在黄墩镇山坳中的心
终于被我的哭声
泡得比棉花更要软弱
因此推迟半年　才将我送往他乡

是一辆只剩一个轮子的车　扶在养父的手掌里
就像一批免去关税的货物　他乡
迎接着我的到达　鞭炮
是富贵人家才有的响动
当时的世道　连青草都穷得发黄
一只猫绷紧脊背　在水边徘徊
既无聊又紧张　转眼之间
被它自己和我在河中摇晃的影像
吓走　如果
我以滤色镜　认真看你的画
也能看到　猫的影子

在所有孩子童年的胃壁上呼吸
在脚背上打滚　在下午奔进森林
和一匹为迷路所苦的马一起　盯着
全心全意喂奶的娘

现在你画很多个中午　很多个中午时分
天下的每一个娘　每一个娘的
每一双紧抱孩子的手　手上汗水未干
还带着源于汉朝的叹息
你含着一丝丝　对自己母亲的谢意
画下五官和流过双肩的头发　画下树
树一直站在娘的身后　让娘靠着
画下夸张的乳房　如同两座藏着泉水的
斜铺的山丘　在一片沉默之间
隐隐能够见到乳汁　流向孩子没有堤坝的嘴
一抹鲜红布置在左下方
是新婚之夜留在画布上的　欢乐血迹

一个人　从此被种下　就像我
每咽下一粒产自望江县的大米
就会想到　大米　能在父亲带水的脚印边
长成一束　懂得弯腰的稻穗
和顺着它的河道涌来的蛋白质　娘的胸怀
并没有敞开　向着今天　同时也向着汉朝扣紧
三个在桃花下面称兄道弟的家伙
就隐藏在娘的上衣里　被娘用俗艳的丝带
好好捆着

直到中年　我一直想继续喝

母亲每天用勺子递向我的稀粥
在五十年前叫作红星公社的地方
养母头戴斗笠　纽扣扣得如同
紧咬的牙关
她从一张哺乳的拥挤油画里　抽身而出
她的手上　如今提着半水桶银鱼　递给我妻子
我知道　那是
即将生成乳汁的鱼类　是雪白的　无刺的
可以当作母亲的奶喝上一生的
甜的　给我孩子的母乳

2021 年 10 月

写经：一匹马与四个人的五重奏

此人　引来春蚕　在他的头顶和眉骨
用白丝缠绕　皓首　白眉　垂目向纸
将变灰的指甲　写成一点
两行灭失的清泪　写成竖
三根肋骨　满含经久的饥饿
写成细细的三横　左手指天发问　写成撇
右臂　成为捺

一挑　二点或者不同向度的三点
宝盖之上　加着一颗掉落的牙齿抑或樱桃
也可以被铲平　呼应苦海中消失的头颅
走之上　总要有一些印迹
昭告　此人来过世间　曾经偶然穿过寺院
紧闭的朱门　未曾入得僧舍

此时　墨在右前方　以松鼠之毛　抓住墨体
任刀剑砍过多轮的五指　握笔　长桌
飘浮在樟木的香味中　起立　肃静
抑制住行者　搜寻妖精的焦虑
一心向西的师父　再一次被绑往洞窟
或者密林　菩萨一千只手掌
涌动同情之水　却又转身倒回宝瓶
地上的事件　神仙没打算提前过问
二师兄走得困乏　长期睡在路边　梦见的是
高老庄惊天动地的婚礼　师弟呆萌

行李被他焊在肩头　由日继夜　无法放下

师父的肉身　仅此一具　是所有生灵的
终极追求　仙丹正中的长寿密码
始于老子烧着文火的炉灶　皇帝的把兄弟打算
路过此地　消息一日千里　使他即将经过的道路
如煮沸的热水　沸腾　热气四溢　挡住前程
各路妖精　逐肉而来　此去西天
织满陷阱内的蛛网和波涛　风张着嘴
躲在大海下方　等待将船掀翻　让经书
沉落　由鱼群劫往龙的宫室

捆了唐僧　杀了唐僧
清蒸　红烧
皆可长生不老　仅有一人
发愿献出王国和自己　令众神难免心动
但写经者　喝道：不许！
写经者　七尺之躯已变成六尺
是故他不写肉　只写灵　不写实　只写虚
只写里　不写表
写佛国菩提奏乐　不写人间荔枝号叫

写行者先压于山底　被封条铐住周身
五百寒暑过后　由唐僧的钥匙解锁
一只金箍　操纵破石而出的儿子
入海屠怪　上天搬兵
去云中悬崖采摘野果　以饱师腹
假如　假如未曾假如　师父与大师兄
就是敌我　是想与被想　吃与被吃

此处　经书之侧　黑墨置于右前方
焚檀香三支　净人手一双　远望来世
侍于佛侧　养护仙草　长生极乐
先想着　跪倒　一拜　再拜　再再拜
以虔诚之心　面对　由唐朝来的经册
清空肠胃　刺破指尖　再滴血入砚
变墨色为大红　佛祖　菩萨
我已背朝人间　弃绝万物
和俗世　请准我
从今夜开始　在风雨和月光中
将自己微薄的血肉　慢慢抄成经文
抄成师父　取经六重奏　和一匹
偶尔会飞的白马
抄刚刚驮进庙宇的经句　和它们
掏空心室与天地的　光明

2021 年 11 月

种　麦

这些天　我兄弟在土地上拖着影子忙碌
今天没有太阳　雨水被昨夜的朋友
在闭塞的舒城吟成　一首事关二乔的短诗
更远处的城市　更多的人抱在一起
合谋篡改汉语和它的果实
尿液　眼屎　少女的痛苦　钉子前方的肉体
挤压出假造的呻吟　而我的兄弟
充耳不闻　只将梵高手里的种子
撒出一个个扇面

也是一只翅膀　又一只翅膀　从手中飞出
落向土地　找准泥里的缝隙
钻下去　与蚯蚓成为近邻　不带文字
不带标点　不带排泄物　也没有沉沦为
横尸地下的植物之蛹
这真是一首诗　受孕于小麦根部
安静地穿过　两千年前流火的七月
磨砺自己的心灵　削制
必将直指天空的　黄金锋芒

他姓朱　朱雀的朱　朱熹和朱元璋的朱
站在土地上　他总想着
画板上我胆大包天的绿色　对深冬发动一次突袭
泻满冰凌的地面　就像一首诗
中正的标题　一个汉字紧挨

另一个汉字　接着
是句式　段落　韵律
携带麦浪般的真实情感　先后涌向天边
由笼罩万物的暑热　反复蒸煮　加工
米勒的拾穗者走出镜头　背负晚钟的祝祷
弯腰　将地上的麦粒　捡往围住餐桌的口腔

一个与诗歌无关的村庄　所有物象
抱在一起　从对方身上拿到暖意　部分屋顶
飘着被木柴烧成惨白的严寒
冬天何其漫长
丰收之梦何其短暂！
更远的城市　麦粒
被工业体内的齿轮　磨成齑粉
我们所见　所食　所吸收的
是我兄弟养出麦粒的汗　和亮在汗珠里的批判
也是诗句写下的悲鸣

2021 年 11 月

盖　房

我　两次盖同一座房子　先西式后中式
先用院子围住房子　后用房子围住院子
何墩村　听上去
带着河姆渡村的调性

我　一次盖两座房子　我的脚两次出现在
西江水面的波浪线上　几乎把某些线
含恨踩断
工人的身体分成两大部分　分别去往
两个工地　没人头戴安全帽　都知道
半个安全帽　没有安全

只要是盖了房子　就会有媳妇进门　收到嫁妆
生娃　上户口　分地　再不用因为一寸地皮
与隔壁人家动手

我要搞点不同的　我
要把房子盖得陈旧　像骈体文而不是新诗
买来别处拆下的石门石窗
严丝合缝装好　门槛也找出石质的
屯溪红石　加过热的　黟县青石　淬过火的

安装妥帖的石头　只有与当代榫卯相合
才能透出　我胸中埋没的古意
墙面删去涂层　用秦砖一块块垒砌

墙壁赤裸的肌肤上　勾出
与皱纹相同的砖缝　既由浅入深　又时有时无

动工的前一天早晨　远在秦汉的祖宗
对我说：
堂屋极其重要　是房子的果核
甚至魂魄
我　必须将条案摆得稳定
上供先祖牌位　袅袅香火
起于心窝般的香炉
正中方位　千手观音洒下笑容
决定腾出两只手来　照顾我默不作声的
父亲和母亲

屋子盖到一半　我说
卧室也很重要　是房子的精华
你的　我的　既要打造出
比过电的蒺藜更难逾越的
墙
又要留下
比撕开的豁口更易通过的
门

终生热爱黑暗的蝙蝠
恨不得每天都成极昼的葫芦
每个八月都喊着你姓名的蝉
和渔　樵　耕
都必须　等在外面
只有读　可以

在豆子一样噼啪炸裂的屋里
进行

起身　转向　同时越过两条廊道
两次推开一扇大门　吱吱作响
我　你　要记得　手扶石制的门柱
严防起自乡间的愁绪扑面而来
将村庄和我们　又一次击溃

2021 年 11 月

抓　药

伸出手　握紧华佗和张仲景
尽毕生之力开出的药方
一张长方形纸　即将捏成圆的汗珠
微小的字形一如鬼魅　忽现　忽隐
小得等于床榻前哀叫的蚊蝇
它是那种　会把明天从痛苦中吵醒的声响
让我尚未长全的心尖
涌出夺路而来的死亡
和前去送走的泪眼

为你　我发宏愿过千条河
翻万重山　我发宏愿散尽千金
换得草药拎在手中
觉得同时拎着现实和幻境
抓着草药的腰　我奔回家门
点火　扇风　我煎煮　我
滤掉药渣　一并滤掉父亲珍稀的呻吟
今夜不同于往夜　新的药方来到桌上
灯火一边发抖一边照亮
承载药方的纸
比父亲的身板单薄十分

小抽屉密集　太平间的大抽屉
同样密集　整齐　停滞如修改过的遗容
不可能出现的笑　浮现于死活之间

抓出的药看上去有股暖流
怀抱山坡向南的温度和
死去活来的念想
一粒粒　一根根　一片片
都是涂改后的甜味
和成为药之后的苦涩　在我眼里
它们在包好的纸内痉挛　挣扎　抗议
庞大的宁静号叫于病榻周围
天空正垒砌无比扎实的乌云　有朝阳的早晨
和走向海底的夕阳没有任何不同　我是一只
拖着翅膀的鸟　在路上低低地飞　身上全是
跌倒的雨珠　药　被收在贴肉的地方
就像我低温的骨肉　紧贴父亲的当年

无可挽回地离开　无可选择的灵魂
拖不动陷于人世的肉身和思想　父亲　母亲
所有与药相触的嘴唇与舌尖　将我的名字吐出
作为大龄的孤儿　成为暂时不能抽离的血脉
药
在小抽屉中　继续做着减法
如冰慢慢融化　氧渐渐稀薄
任我站在出生之地
日夜面对塌下和瘦去的被褥

2022 年 1 月

刻　舟

鉴于水　稍纵即逝
世间最深情的心
也系不住它涌向东海的脚

鉴于水　深不可测
鉴于打捞者的命数
一旦失去　地上全部呼唤
也不能挽回它
奈何桥上的片刻驻留

鉴于尖刀　以造成伤口为业
只要不与另一支尖刀
在故事中相遇

鉴于船由木做成　鉴于船
曾行于水上　船仍将行于水上
鉴于左胸不接受刀的行刺

我不是刻下　船的一道伤口
我是刻下记忆　我出过门
出入过生死　在凯旋的河上
我的泪落入水中　抢在剑的前面
鉴于我

对争斗的厌弃　我有意

将剑交回大河　锋芒埋进河床
盖上水的剑鞘　坚硬
就变成了温柔　而灭亡
让它发生到另一些年份

将心中的伤剥出
再刻下一道　再刻深一寸
船在滑行　我刻无人能懂的悲叹
我将全部逝者的名字
收拢为一条刻痕
鉴于我
顺着船舷
已将影子表面的血迹洗净
后来的我　定能找回从前的我
可以飞赴　最浓的白云生处

2022 年 3 月

推演：造纸

石头太沉重　更沉重的史实和情感刻在上面
显得太轻飘　造纸是笃定的　要么是蔡伦　要么是
伐木者从树木中找到
纸的影子　甲骨和竹片　太流血　残忍　太容易叛变

唯有纸是轻的　也是和平的　能够与记录的事物重量相等　要么
是蔡伦　要么是
你我他　先写诗　后画画　再从巨大的需求中逼
出纸来　再写一轮　重画一遍　让它们储藏在
纸的表面　渗进纸的筋骨　当时的蔡伦
死后才知道　只要唤出火焰　任何一只
手
都能将造出的纸　以及躲在纸里的历朝历代
烧到尸骨无存

2022 年 7 月

图书在版编目（CIP）数据

方程式 / 罗巴著. -- 武汉 : 长江文艺出版社, 2025. 6. -- ISBN 978-7-5702-3971-9

Ⅰ. I227

中国国家版本馆 CIP 数据核字第 2025CJ0271 号

方程式

FANGCHENGSHI

插　　画：罗　巴

责任编辑：王成晨　　　　责任校对：程华清

封面设计：李　鑫　　　　责任印制：邱　莉　王光兴

出版：长江出版传媒 | 长江文艺出版社

地址：武汉市雄楚大街 268 号　　　　邮编：430070

发行：长江文艺出版社

http://www.cjlap.com

印刷：湖北新华印务有限公司

开本：880 毫米×1230 毫米　1/32　　　印张：10.125

版次：2025 年 6 月第 1 版　　　　2025 年 6 月第 1 次印刷

行数：6825 行

定价：58.00 元